Ali-Baba verliebt sich in einen Blauäugigen in finnischem Anzug, den sie beim Schlangestehen in einer Bierbar kennenlernt. Olga, die fast kahle Großmutter, geht zum Rendezvous ins Kino. Und der Elektriker Viktor verknallt sich in der Disko in Tanja, von der er sofort weiß, »was für ein Schatz ihm da in den Schoß gefallen ist«. Nach den Russischen Schauergeschichten legt Ljudmila Petruschewskaja in ihrem neuen Band 17 russische Liebesgeschichten vor. Wieder versammelt sie unendlich komische, fantastische Storys – ein minibisschen romantisch, aber vor allem wieder schaurig-schön und schräg zugleich.

Ljudmila Petruschewskaja, 1938 geboren, studierte in Moskau Journalistik, schrieb fürs Radio und fürs Fernsehen. In den Sechzigern begann sie, Prosatexte zu schreiben, die Jahrzehnte nicht erscheinen durften. Sie wurden unter der Hand verbreitet und machten sie zu einer der populärsten Figuren des russischen Undergrounds. Heute zählt sie zu den bekanntesten Autorinnen Russlands. Sie wurde vielfach ausgezeichnet, zuletzt mit dem World Fantasy Award.

Ljudmila Petruschewskaja

SIE BEGEGNETEN SICH, WIE DAS SO VORKOMMT, BEIM SCHLANGESTEHEN IN DER BIERBAR. RUSSISCHE LIEBESGESCHICHTEN

Aus dem Russischen
von Antje Leetz

bloomsbury taschenbuch

Die Arbeit der Übersetzerin am vorliegenden Text wurde vom Deutschen Übersetzerfonds gefördert.

September 2012 | Deutsche Erstausgabe | © 2012 Bloomsbury Verlag GmbH, Berlin | Umschlaggestaltung: Rothfos & Gabler, Hamburg, unter Verwendung einer Illustration von Joao Fazenda (www.joaofazenda.com) | Autorenfoto © Annastasia Kazakova | Satz: psb, Berlin | Druck und Bindung: CPI – Clausen & Bosse, Leck | Printed in Germany | ISBN 978-3-8333-0840-6
www.bloomsbury-verlag.de

Editorische Notiz

Die Zusammenstellung der hier versammelten Liebesgeschichten von Ljudmila Petruschewskaja folgt dem amerikanischen Band *There Once Lived a Girl Who Seduced Her Sister's Husband, and He Hanged Himself*, ausgewählt und ins Amerikanische übertragen von Anna Summers.

In deutscher Übersetzung erschien Ljudmila Petruschewskajas Geschichte *Ali-Baba* zuerst im Band *Unsterbliche Liebe* (Berlin, 1990). Die Geschichten *Waterloo Bridge*, *Milgrom* und *Vater und Mutter* erschienen in *Der schwarze Mantel* (Berlin, 1999). Alle anderen Geschichten liegen mit diesem Band erstmals auf Deutsch vor.

INHALT

I. Verliebte Frauen

TAMARAS BABY

Warum ihn keiner einlädt?

Ach, weil kein Mensch über die Haussprechanlage hören will: »Sobald Sie den elementaren Anstand über Bord geworfen haben, geht alles Übrige ganz leicht, hallo!«

Weil er so viel gelitten hat, so sehr in Einsamkeit und Hässlichkeit ausgetrocknet ist (die Zähne sind bis auf einen alle ausgefallen, wie bei der Hexe Baba Jaga), dass er in jedem Haus, in das er kommt, augenblicklich alles vergisst und mit seinem einzigen Wackelzahn (unten) schreit und deklamiert, redet und redet, und weil das Essen aus seinem Mund spritzt und manchmal sogar in ganzen Brocken herausfällt.

Dabei sagt er wichtige Dinge, kluge und interessante, die er aus den täglichen Gesprächen (den stummen) mit den alten toten Autoren schöpft, wenn er in Bibliotheken sitzt, aber wenn er tatsächlich mal irgendwo zu Besuch ist, sind alle Zuhörer irgendwie verlegen und wenden die Augen ab.

Es könnte ja passieren, dass er einem in die Fresse spuckt, unbeabsichtigt! Denn er will unbedingt essen und sich gleichzeitig satt reden.

Er drückt sich so aus:

»Endlich wieder was Warmes zwischen den Zähnen!«

Er isst hastig. Und die Früchte seiner Überlegungen spritzen den Zuhörern ins Gesicht.

»Für Sie bleiben die Türen des ersehnten Hortes verschlossen, ein Zitat!«, ruft er völlig zusammenhanglos. »Wie auch für mich, nebenbei.«

Er ist voller Gedanken, die den anderen nicht immer verständlich sind, und er redet so schnell, dass er nichts erklärt, keine Zeit!

Er ist einfach ein Monster, das im Warmen hockt.

Wie könnte es anders sein! Er ist in seinem Element, er ist gebildet, Jahr für Jahr trottet er in Lesesäle und auf Raucherinseln, hat das Material erforscht (wenn der Mensch kein Geld hat, hat er wenigstens Zeit!), die Folianten auf den Schreibtisch gewuchtet, gesucht und gewühlt.

Das heißt, er wühlt nicht einfach ins Blaue hinein. Er stellt so was wie die Bibliographie eines vergessenen Halbautors zusammen, ein Verzeichnis der veröffentlichten Werke. (Schade, dass kein Computer da ist zum Hinpinseln.) Sein Held hat nur wenig hinterlassen, kaum was zum Entdecken, aber das war dann Gold wert. Nebenbei durchforstet er die gesamte Geschichte der Wechselbeziehungen zwischen dem unbekannten Schriftsteller und seinen Zeitgenossen, vergegenwärtigt sie sich usw.

Ganz zu schweigen von den Polemiken, den hundert Jahre jungen Streitschriften, Fakten und Feuilletons – das sind ganze Romane unter Beteiligung von Dirnen und Streithammeln, die Geschichte gemacht haben.

Damit würde er hundertprozentig Erfolg haben! Ein paar berühmte Namen und das Publikum schlackert mit den Ohren!

Er hofft auf die Hilfe ausländischer Universitätsfonds. Die sind legendär, diese Fonds. Wie ein himmlischer Gott, wie ein Deus ex Machina.

Seine Vorträge hält er allerdings vorerst nur auf den Raucherinseln der Bibliothek, und da gibt es ein Handicap – er hat keine eigenen Zigaretten dabei, kommt mit leeren Lippen, ohne Papirossa, daher sein Kichern, die Anspannung bei den Gesprächen, als wolle er mit seinem Reden nur auf eine Bitte hinaus, die er wie nebenbei hervorbringt: Kann ich bei Ihnen eine schlauchen, ich habe so wenig zu essen, dass mir buchstäblich das Dach überm Kopf abhanden gekommen ist!

Seine Reden kreisen um allgemein bekannte Paradoxe – die Friedhöfe, predigt er, seien voller Simulanten, und Gott habe nichts mit Religion zu tun, und das einzige, was die Politiker interessiert, sei die Wiederwahl, ham Se mal ne Lulle für mich?

Die gleichen Reden hält er, wenn er bei jemandem zu Besuch ist, was selten vorkommt (er wird nicht eingeladen, kommt ungerufen, steht plötzlich vor der Haustür und haucht zahnlos und einschmeichelnd seine Bitte in die Sprechanlage, bin gerade über euer Territorium geflogen, kann ich rein?).

Das Geheimnis ist, dass die Frauen Angst vor ihm haben, am Ende will er noch für immer bleiben (der Lieblingssatz der Frauen: »Ich fühle, er will bleiben.«).

Dabei ist er auch noch alt. Was ihn nicht daran hindert, in die Sprechanlage zu jammern: »Lass mich rein und fühl, wie er steht!« Nach einer Pause schreit er wieder hinein: »Das Leben ist kurz, das Warten auf eine Antwort unendlich. Hallo!«

Wer will ihm schon angesichts solcher Argumente die Tür öffnen?

Zumal man nach solcherart Übernachtung alles waschen und den Diwan bis zu den Sprungfedern aufmöbeln muss, wirklich wahr.

Dabei hat er irgendwo eine Hütte, aber die ist überflutet, auf dem Fußboden Wasser, ohne Zimmerdecke, eingestürzt. Das Klobecken rausgerissen. Ein Geruch! Von den Wänden tropft Wasser. Und der Mieter dieser Wohnung ist nach der Scheidung und dem darauf folgenden Auszug (sie haben ihn in diese miese Unterkunft gesetzt, die Schweine!) nur noch in der Lage zu lesen, er hat in Bibliotheken Unterschlupf gefunden. Bringt sein Brot mit, trinkt Wasser aus der Leitung, in der Bibliothekskantine kann er essen, was die anderen stehen lassen. Ein Tellerablecker, wenn Sie es wissen wollen. Von der Frau verlassen und mit den Kindern im Clinch. Sehnt sich nach warmem Essen und kauft, sobald er seine Rente kriegt, sofort was Warmes – ein Würstchen oder (sein Lebenstraum) zwei, manchmal auch drei Hamburger. Kann nicht mit Geld umgehen!

Von der Rente bezahlt er unverzüglich (Triumph des Gewissens!) die Schulden und hat dann nichts mehr, aber diese feierliche Rückzahlung ist noch ein weiterer Türöffner, – nicht mehr und nicht weniger als ein direkter Anlass für sein »Ich fliege gerade über euer Territorium. Ich will euch das Geld zurückgeben« – das heißt, er will was zu essen.

Dann hat er in irgendeinem Text den Satz aufgeschnappt: »Ich habe kein Geld für Augentropfen, ich werde blind! Ich zahl's von meiner Rente zurück, das weißt du doch!«

So geht alles seinen Gang, aber eines Tages geschieht etwas: Sein schriftlicher Antrag für eine kostenlose Kur (auf der Raucherinsel der Bibliothek hatten ihm die Freunde, Kämpfer für Menschenrechte, geraten, wie und in welcher Institution er seinen Antrag stellen müsse, sie halfen ihm mit Rat und Tat, diktierten ihm sogar den Text) – sein Gesuch also, das er noch im vergangenen Sommer gestellt und auf der Post mit einem staatseigenen Kuli geschrieben hatte, ist bis zu seinem nächsten Besuch beim Amt unbeantwortet liegen geblieben.

Da erzählt wieder jemand in der Bibliothek (er nennt sie kurz seine »Biblio«) stolz von einer kostenlosen Kur. Unser

Held, der wegen der Verletzung seiner Menschenrechte betrübt und neidisch ist und schmollt, wird plötzlich munter, stapft erneut zum Amt und bettelt kläglich wegen seiner Kur, über ein Jahr sei vergangen.

Die Beamtin kramt seinen Antrag raus, und dort steht, wie sich herausstellt, dass die Kur bewilligt worden ist. »Warum sind Sie nicht früher gekommen? Sie kriegen eine kostenlose Kur, hier steht's, sofort, seit vorgestern! Haben Sie die Dokumente dabei? Den Ausweis?« Die Beamtin hat listige Augen. Sie teilt ihm einen schlechten Monat zu – Oktober! »Ach du ...«, braust er auf.

Auf der Raucherinsel macht er seiner Wut Luft. Ihm wird widersprochen, der Oktober sei noch eine gute Zeit. Andere bekämen was im November.

Er geht auf die Straße und ordnet seine Gedanken. Es riecht nach Rauch, nach herabgefallenem Laub.

Das ist Puschkins Zeit, der Augen Zauber, Oktober. Die Wäldchen schütteln die Blätter ab, tatsächlich.

In solch einer Zeit ins Sanatorium! Ein Traum, wenn man's recht bedenkt. Mittag, Abendbrot, Frühstück! Brot könnte er für die Nacht mit ins Zimmer nehmen, fällt ihm gleich ein. Bitterer Speichel läuft in seinem Mund zusammen, er hat noch nichts gegessen. Kehrt um, stürzt in die Kantine. Auf einem Pappteller liegt ein angebissenes Brot. Heißes Wasser im Thermosbehälter, gerettet. Er gießt es sich in ein benutztes Glas.

Dann begann er mit den Vorbereitungen.

Im Übernachtungsasyl, wo er sich nach vergangenen Konflikten eigentlich nicht mehr zeigen wollte, zog er seine alten Sachen aus, und nach dem Versprechen, dass er bestimmt bald eine Arbeit habe, bekam er anständige Secondhandkleider und übernachtete dort, wobei er sich wieder mit einem Zimmernachbarn verzankte. Dann klapperte er alle Mülldeponien ab, wühlte, suchte nach einer Tasche, stets bedacht, sich nicht schmutzig zu machen. Und fand einen Koffer aus Lederimitat!

Eine alte warme Baskenmütze hatte er selbst.

Den Schal luchste er der Garderobenfrau in der Bibliothek ab: »Ich hab ihn hier vergessen ... Wann, weiß ich nicht mehr. Neulich bin ich einsam aufgewacht in meinem Bett ... Eine Kälte! Wie sehr braucht ein einsamer Mann die Hand einer Frau! Wo ist mein Schal? Versuchte mich zu erinnern ... Wahrscheinlich hier bei Ihnen. Sie sind meine einzige Hoffnung ...«

(Angewidert) »Ist er das? Ich hab ihn nicht weggeworfen, diesen Lappen.«

»Herzlichsten Dank!«

Ihm kamen fast die Tränen!

Den fremden Schal gleich umzubinden hatte er nicht den Mut. Ging raus. Zu der dunklen Jacke und der Mütze passte der grüne Schal hervorragend (war ins Kaufhaus gegangen und hatte sich im Spiegel von allen Seiten betrachtet).

Die Leute von der Raucherinsel in der Bibliothek verrieten ihm, wo er Schuhe finden könnte – bei den Buden auf dem Markt, dort wo die Leute neue kaufen und die alten wegwerfen. Fand welche gegen Abend! Halbstiefel, ein bisschen zu groß, aber auch das freute ihn!

Den Kuraufenthalt bekam er tatsächlich, zwölf Tage, mit den verfallenen vier Tagen war das mehr als eine Woche.

Er legte seine Manuskripte und den auf der Post (nun doch) gestohlenen Kuli in den Koffer.

Verängstigt und vor Kälte zitternd kroch er um fünf Uhr früh aus seiner überfluteten Höhle und fuhr im Dunkeln mit dem Regionalzug schwarz ins Sanatorium.

Am Ende des Geldes war noch so viel Monat übrig.

Er kam zum Sanatorium, traf in der Empfangshalle niemanden an und schlief gleich an Ort und Stelle ein, wohlgesittet, nicht mit den Füßen auf dem Diwan, sondern im Sitzen – und gleich nach dem Frühstück (er verdrückte einen ganzen Teller mit Brot, dazu Milchbrei und ein Omelett, trank drei Tassen Tee mit Zucker) stolzierte er in die Sanatoriums-Bibliothek, gestärkt, schön! Etwas zerknittert. Den grünen Schal um den Hals, die schwarze Baskenmütze keck auf der Seite! Mit seinen Aufzeichnungen und dem Kuli!

Nachdem er sich flüchtig umgesehen hatte (natürlich, wie soll man hier auch was zu meinem Thema finden), hielt er dort einen Vortrag über die miese Ausstattung der Bibliothek und über seine Verbindungen zu Bücherkreisen und deren Lagern mit nicht verkauften Büchern, dort wolle man die ungewollte Ware loswerden, und das seien keine billigen Krimis, sondern ernsthafte Bücher fürs Selbststudium, wenn sich ein Auto fände, könnte er morgen-übermorgen ein paar hundert Exemplare herschaffen! Er könnte ihnen helfen! Geschichtsbücher, populärwissenschaftliche Broschüren über Medizin!

Eine ältere Dame war brennend interessiert, die Bibliothekarin selbst jedoch reagierte lahm – woher soll sie ein Auto nehmen und wie die Bücher einordnen, laber, laber, euch beiden scheint das nur so, dass wir hier solche Bücher brauchen, die Leute lesen nicht wirklich hier, die wollen auf der Kur nur Krimis.

»Woher kommen Sie, Gnädigste?« (Er, freundlich:) »Aus dem Süden, stimmt's?«

»Ja, aus Melitopol.«

Bei ihr sitzt alles am rechten Fleck. Sie senkt die Augen. Ein bisschen zu füllig.

Er rückt die Baskenmütze zurecht, wirft den Schal über die Schulter. Ordnet die Bücher auf dem Tresen.

»Schauen Sie nur, die Märchen! Wussten Sie, dass in einem der Märchen von Afanassjew steht ›Der Kerl streifte ihren Rock hoch und begann zu spielen?‹ Das bedeutet ...«

Die Bibliothekarin ist sehr distanziert. Sie versteht es, Männer abzuwimmeln.

»Mein Herr, was soll das? Überlegen Sie, wo Sie sind!«

»Moment! Das erfahren Sie sonst nirgends! Den Dummkopf spielen hatte früher noch eine andere Bedeutung! Der Phallus wurde im Russischen oft als ›Dummkopf‹ bezeichnet! Und die Abenteuer des dummen Iwan sind zweideutig!«

»Was wollen Sie ausleihen?«

(Diese Bibliothekarin! Versteht überhaupt nichts!)

»Haben Sie Kierkegaard?«, sagt er scharf, bitter. »Spengler?«

»Ach, gucken Sie selbst nach. Die Krimis stehen dort.«

»Fräulein! Keine Krimis!«

Die ältere Dame jedoch wird munter, sie mischt sich ein, Pardon, sie aber wolle die Adresse dieses Buchlagers wissen, sie habe schon Legenden darüber gehört!

Auch sie widerspricht der Bibliothekarin. Man brauche solche Bücher, für eine bestimmte Leserschaft – Kierkegaard und Spengler, und sie finde hier ebenfalls absolut nichts zum Lesen, genauso so wie der Herr Professor (guckt in Richtung des grünen Schals), sie habe auch einen Doktortitel! Fast. Diese Promotionen nützten heutzutage keinem mehr. Die Doktorarbeit liege in der Schublade.

»Wie bei mir! Haargenau! Die Dissertation! Liegt bei mir auch in der Schublade! Wie tief sind wir gefallen! Eine Diss bringt keinen Nutzen mehr!«, erklärt er.

Dabei hat er zu Hause weder Schreibtisch noch Schublade.

Sie stehen in der Bibliothek, diskutieren laut und achten

nicht mehr auf die lahme Bibliothekarin, sie gehen zusammen hinaus (die ältere Fast-Frau-Doktor lässt er vorangehen, das beeindruckt sie stark), sie disputieren laut im Gehen, stoßen sich gegenseitig mit den Ellenbogen, setzen sich auf eine Bank. Um überzeugender zu sein, zerrt er die ältere Dame am Ärmel, dann springen sie auf und gehen durch die Allee des alten bemoosten Parks, und der Oktober riecht nach dem süßen Rauch des Vaterlands.

D. h. Nebel, nasse Bäume, Blätterfall, Abfallkörbe aus Beton ...

»... Will man diesen Weg beschreiten, muss man all sein Eigentum hergeben! Und wenn Sie nichts besitzen? Dann bleiben für Sie die Türen des ersehnten Hortes verschlossen!«

»Jaa!«, stimmt sie ihm laut zu.

»Und wenn Sie Reichtum besitzen, ist es geistiger.«

»Jaa!!!«

»Und dann – o, hülle dich im Geist in eine Mönchskutte! Wenn du dich dazu berufen fühlst!«

Vor einem Jahr wollte er tatsächlich ins Kloster gehen.

Er schluchzt beinahe, als er sich an das Resultat erinnert.

Wie die Mönche ihn angebellt haben.

(Auch im Himmel gibt es keine Wahrheit.)

Dann schaut sie auf die Uhr (sie besitzt alles, Tasche, Uhr, Handschuhe, feste Schuhe, Regenschirm, auch einen Schal und ebenfalls eine schwarze Baskenmütze!) und sagt: »Mittagessen! Wir sind schon zu spät«.

Kommen außer Atem ins Haus gekrochen.

Er bittet die Kellnerinnen hitzig, ihn an Tamara Leonardownas Tisch zu setzen. Aber an ihrem Tisch, an dem man schon mit Essen fertig ist, sind alle Plätze belegt.

Der Einsame verschlingt wieder sein Essen mit einem ganzen Teller voll Brot und löffelt nach dem Kompott den

Rest der Suppe gleich aus dem großen Tender. Er kann sich nicht satt essen.

Er steht wie ein lieber Kerl an ihrem Tisch: Wohin gehen wir?

Aber sie gehen ins Bettenhaus, jeder in sein Zimmer, Tamara, Pardon, pflegt nach dem Essen zu ruhen.

Er legt sich ebenfalls auf das saubere Laken und schläft mit einem glücklichen Seufzer ein.

Sie klopft an seine Tür:

»Alexander Antonowitsch! Abendbrot!«

Sie hat seine Zimmernummer rausgekriegt. Sich Sorgen gemacht.

Das wohlige Glücksgefühl eines Waisenkinds erfasst seine Seele.

Er schlägt sich das dritte Mal den Bauch voll und steckt sich Weißbrot in die Tasche, für die Nacht. Überlegt und schnappt sich noch zwei Scheiben Schwarzbrot.

In der Dämmerung spazieren sie wieder durch den Park, durch ihre Allee, der aufgehende Mond leuchtet, sie gehen bis zum Fluss.

Tamara lauscht, und er flötet wie eine Nachtigall von Franz von Assisi, dieser Mönch habe jegliche Kränkung wie ein Gottesgeschenk angenommen.

»Wirklich?«, fragt T. L. erregt, und A. A. antwortet:

»Wirklich!«

»Wirklich?« (Immerzu ihre Fragen)

»Wirklich! Wirklich!« (Seine Antwort)

»Wie sehr habe ich sowas gebraucht«, ruft T. L. laut. »Wie sehr!«

»Ja«, fällt er ein. »Wir alle. Wir alle werden erniedrigt für nichts und wieder nichts.«

Sie sitzen auf einem nassen Baumstamm am Fluss, laufen im Dunkeln bei Mondenlicht zurück. Das Schwarzbrot riecht verführerisch aus der Tasche. Er bricht ein Stück ab, hat es nicht ausgehalten.

»Kämpfen und suchen, finden und an einem neuen Platz verstecken«, brabbelt er kauend.

»Was sagen Sie?«, fragt Tamara beunruhigt.

»Das haben wir immer in der Uni gesagt, wenn wir nach Kuchen anstanden ...«

»O, Kuchen!«, lacht sie. »In der Uni!«

Als er in sein Zimmer kommt, verschlingt er das zerdrückte, zerkrümelte Brot und trinkt, eine Karaffe mit abgekochtem Wasser steht da! Er säuft gleich aus der Karaffe und bekleckert sich. Hustet lange. Immer diese Hast!

Der Zimmergenosse kommt. Schaut sich um, überall Krümel und eine Pfütze auf dem Boden. Bisher hat er allein hier gewohnt, und nun das, ein Neuer.

Auf A. A.'s Begrüßung hin murmelt er düster was in seinen Bart.

Allerdings kommt es nicht zum Streit. A. A. geht schnell hinaus, ohne auf die Pfütze zu achten, und bleibt im Foyer vor dem Fernseher hängen. Wie gebannt guckt er sich eine Sendung nach der anderen an und macht lebhafte Bemerkungen. Er ist der Einzige, der aufschreit. Stürmisch lacht. Bissige Kritik ausstößt. Man schielt schon zu ihm hin.

Und dann gingen die Tage, die noch verblieben waren, einer nach dem anderen, vorüber, jeder einzelne prägte sich im Gedächtnis ein.

T. L. und A. A. redeten und redeten wie die Irren, gingen vor aller Augen stundenlang spazieren und kümmerten sich nicht darum, dass die anderen weiblichen Kurgäste sie beobachteten und absichtlich laut lachten.

A. A. bestand sogar weiter darauf, dass man ihn bei T. L. platzierte, er verließ seine Damengesellschaft und setzte sich als Fünfter an T. L.'s Tisch, drängelte sich dazwischen, ohne Rücksicht zu nehmen.

Diese Tatsache brachte erst recht alle in Rage, eine Frau ging aus Protest weg, sie verließ T. L.'s Tisch, suchte sich einen Platz ganz woanders.

Der Grund für die Vorbehalte – Tamara war 75 Jahre alt! (Sie hatten es bei der Sekretärin der Sanatoriumsleiterin erfahren.) Tolle Romanze! Der Teufel hat sich mit einem Baby vermählt! 14 Jahre war sie älter als er!

Das Urteil des Volkes lautete: Dieser A. A. sucht einfach jemanden, bei dem er einziehen kann! Keine einzige Frau würde ihn nehmen, das wäre ja ein Witz! Keine Zähne, keine Haare, kein Dach überm Kopf.

Irgendwoher wussten sie das alles. Ahnten es vielleicht. Hatten es sich aus Sätzen zusammengereimt, die in der Hitze der Dispute von A. A. und T. L. fallen gelassen wurden. Der Mensch verrät leicht sein Geheimnis an einen weisen weiblichen Verstand. Und A. A. redete viel und laut.

T. L. wusste nichts und wollte nichts wissen. Sie schwebt in höheren Gefilden, wie sich laut und deutlich eine Tischnachbarin ausdrückte.

Und eben jene Tischnachbarin, Ninotschka, war es auch, die sich von T. L. die Telefonnummer geben ließ und die sie buchstäblich eine Woche nach der Rückkehr anrief und fragte: wie und was.

Ans Telefon ging A. A.! Ninotschka fragte wie ein Inquisitor: »Alexander Antonowitsch?« Er war verwirrt und brummte: »Was geht Sie das an?«

Die beiden hatten sich nicht trennen können, wie die kleinen Kinder.

Der Teufel und das Baby leben tatsächlich zusammen, weitab von den Augen der ersten Zeugen, überhaupt weitab von der Welt.

A. A. isst jetzt morgens vor der Bibliothek, und abends, nach der Bibliothek.

T. L. kommt ganz von Kräften, beschwert sich bei A. A., er aber unterstützt sie in dieser Hinsicht nicht, der Weg eines Mönchs ist dornig!

Er wühlt und sucht seine Zettel, kann sie nicht finden. Und schließlich, nach zwei Stunden Geschrei, du hast sie irgendwohin verschlampt mit deinem Talent, Unordnung zu schaffen – hurra! Der geliebte Papierfetzen ist da!

Tamara stellt ihn zur Rede:

»Und du hast behauptet, ich hätte ihn weggeschmissen! So ist es jedes Mal!«

Er gurrt friedlich zur Antwort:

»Wie Murphy sagt, Materie kann sich nicht selbst erschaffen und nicht selbst vernichten. Aber sie kann verloren gehen.«

Er besitzt jetzt zwei Rechenhefte. Sein Traum hat sich erfüllt. Er hat gebettelt, und Tamara hat sie ihm gekauft. Und begonnen, sich um die Neuberechnung seiner Rente zu kümmern. Sehr aktiv! Sie ist herumgefahren und hat Bescheinigungen eingesammelt.

Jetzt kann er wie alle Rentner kostenlos mit der Metro fahren! Mit vollem Recht!

(Bisher musste er sich erniedrigen und den alten Mann spielen, den Rücken krümmen, kläglich lächeln, damit man ihn ohne Rentenausweis durchließ.)

Alle, absolut alle sind gegen diese Verbindung, zum Beispiel Tamaras Verwandte, ihre Neffen vor allem. Über kurz oder lang werden diese alten Jungverliebten wohl noch heiraten!

Allerdings ist sie entschieden jünger geworden, sie holt tatsächlich die heimatlosen Bücher, die niemand braucht, aus dem von A. A. genannten Lager, verschenkt sie an Krankenhäuser, schleppt sie in Altersheime, wo es Menschen gibt, die was zum Lesen brauchen, aber kein Geld haben.

Sie träumt sogar davon, dass sie in einer kleinen Bibliothek als Bibliothekarin anfängt und dass die Menschen dort Bücher abgeben, die sie nicht mehr brauchen, und dafür andere mitnehmen – sie möchte Trost spenden, wenigstens mit diesen populärwissenschaftlichen Broschüren zur Geschichte, zum Beispiel.

Das Volk jedoch sucht Vergessen und leichte Narkotika – dumme Krimis, und Tamara horcht sich bei Bekannten um, ob nicht jemand was für die armen Vernebelten rausrückt.

Und auch das schleppt sie in die Krankenhäuser, wie Franz von Assisi, für den jede Erniedrigung ein Gottesgeschenk war, wie A. A. ihr beigebracht hat.

Alexander Antonowitsch und sie sitzen jeden Abend zusammen und reden, wobei sie sich gegenseitig ins Wort fallen, er schimpft sie nach jeder Bemerkung aus, so als stelle er sich absichtlich auf die Seite derer, die Tamara gekränkt haben (»Sie haben eigentlich recht, bist selbst dran Schuld, wenn du dich zur Unzeit einmischst, völlig richtig, wenn die Wache dich nicht durchlässt! Wie du nur auf solche dummen Ideen kommst! Die hätten dir eine runterhauen sollen!«), d. h. er benimmt sich wie ein normaler Ehemann, und sie wie jede Ehefrau – sie wütet beim Geschirrabwaschen.

Ihre Hände sind verkrümmt, die Knoten sitzen wie Tannenzapfen auf ihren Fingern, die Beine geschwollen, auch er ist von einer Schönheit, wie man sie selten findet, ein Vorbild für die Menschheit.

Dann legen sie sich jeder in sein Bett, lesen noch zur Nacht und tauschen sich laut rufend und zitierend aus, dann schlafen sie ein. Am Morgen wieder der gleiche Wirbel, Frühstück, Fertigmachen zum Weggehen, Aufschreie, und wer weiß, vielleicht hat der alte A. A. Angst davor, dass ihn seine Tamara irgendwann wieder einsam zurück lässt ...

Heiraten will sie ihn nicht, sie drückt sich. Erklärt nicht warum.

Er sagt zu diesem Thema kein Sterbenswörtchen mehr.

Obwohl sie ihm einmal die Hand geküsst hat, als er krank war.

Er heult im Schlaf vor Kummer, weint, doch am Morgen meckert er wieder und spielt sich als Chef auf, und Tamara brät ihm, noch bevor sie sich gekämmt und das obere Gebiss eingesetzt hat, in Kittel und Pantoffeln ein Spiegelei ...

Nun macht er in dieser neuen Eigenschaft, ja, er macht wieder Besuche und zahlt seine kleinen Schulden zurück, frisst hemmungslos, redet mit der gleichen Hitze auf die Damen ein (jeder hat das Recht, fremdzugehen!), aber er führt sich jetzt mehr auf und gibt hie und da lebendige Beispiele aus seinem Leben zum Besten: »Meine Frau hat mich ins Theater geschleppt, sie hat kostenlos Karten gekriegt, ich kann euch sagen, das war eine richtige Folterkammer, eine echte Strelitzenhinrichtung!« Oder: »Meine Frau, die sogenannte Tamara, hat eine Doktorarbeit über Charles Dickens geschrieben, die schon Jahre schmort.«

Das Spiegelei allerdings gibt es bei Tamara und ihm nur die ersten drei Tage nach der Rente, aber A. A. ist rasiert, trägt saubere Kluft, sogar die Schuhe sind heil und geputzt, und für seine Tamara hat er auf bereits erwähntem Markt große Männerstiefel mit Fellfutter gefunden! Standen einfach rum! Eigentlich wollte er für sich Stiefel suchen, hat aber ihr welche mitgebracht, hat getönt, ihm seien sie zu klein, sie gezwungen, die Stiefel anzuziehen und zufrieden gesagt: merkt keiner, dass es Männerstiefel sind.

Sie hat sie nicht haben wollen, herumgedruckst. Sich geniert.

Und er hat bissig gesagt:

»Schon Tschechow schrieb in einem Brief an seinen Bruder: Sie erniedrigen sich nicht mit Absicht! Mit der Absicht, verstehst du, bei anderen Mitgefühl zu erschleichen! Was hast du an den Füßen gehabt? Nasse Bauarbeiterbotten!«

Wenn sie mit seinen neuen Stiefeln auf die Straße geht, betrachtet er wohlwollend ihre Beine. Er ist überhaupt streng, was ihr Äußeres betrifft.

»Kämm dich wenigstens, sogenannte Tamara!«, befiehlt er und geht.

Denn sie ist langsam, kraucht mit letzter Kraft durch die Wohnung, räumt auf, überlegt, wo sie was hingelegt hat, ob sie noch mehr Knochen kaufen (sie werden für Hunde angeboten) und eine kräftige Boullion kochen soll für den, der Gott weiß woher herabgefallen ist und sich ihr auf den Hals gesetzt hat, hilflos wie alle Parasiten, und Parasit wie alle Hilflosen, und er kritisiert sie auch noch und kommandiert rum. Sie hat keine Kraft, sich auf den Markt zu schleppen, wo man kurz vor Schluss noch zerknautschtes Gemüse oder Äpfel mit braunen Stellen findet, aber sie muss ihm doch was kochen!

Sie schämt sich vor den Missgünstigen, die heimlich über sie lachen, aber sie hat ein mystisches Geheimnis und eine Rechtfertigung!

Ein altes Foto.

Am Abend kommt er heim, seine Tamara steht Spalier, alles sauber, das Essen wartet auf dem Tisch, in der Tasse eine kräftige Boullion, als Hauptgang Ragout aus preiswert (auf dem Markt vom Boden) aufgelesenem Gemüse, doch

A. A. verschlingt alles achtlos und tönt, dass sich sein Forschungsgegenstand F. tatsächlich als F. erwiesen habe, als Fiktion, und dass F.'s Theorie ebenfalls eine Fiktion sei, so schätzten es alle ein, und er sei der Erste gewesen, der das schon vor hundert Jahren begriffen habe!

»Ich weiß noch, wie du ihn in den Himmel gehoben hast«, entgegnet Tamara bissig, »du hast richtig gewütet, wenn ich was gegen ihn gesagt habe! Mich angeschrien!«

»Wann?! Ich gewütet?! (Leise) Du bist verrückt!«

»(Bissig) Und wer hat gesagt, dass seine Theorie epochenbestimmend ist?«

Er, versöhnlich:

»Stimmt, anfangs habe ich das geglaubt, wie viele ...«

»Jawohl! (Triumphierend) Auch wenn Millionen Menschen an eine Dummheit glauben, bleibt sie doch eine Dummheit.«

»Du sollst mich nicht zitieren ... (Nachdrücklich) Ich bin noch kein Klassiker.«

»?«

»Ich lebe noch (Pause, schaltet den alten Fernseher ein). O! O! Es geht los! Vom Infarkt ... zum Schlaganfall. (Schaltet brummend um) Wie heißt unsere Devise, Tamara? Bis zum Ende in sportlicher Hochform!«

Sie:

»Auf eigenen Beinen und bei Sinnen!«

Usw.

Nachts hat er wieder einen Alptraum, er schreit, Tamara Leonardowna steht auf und bläst ihm auf die Glatze über der Stirn, zieht die verrutschte Decke zurecht, wie für ihr Kind, das vor grauen Zeiten bei der Geburt gestorben ist.

Das ist ihr eigentliches Geheimnis: Sie hat es nie geglaubt, man hat ihr das tote Kind nicht mehr gezeigt. Und nun war es zurückgekehrt. Er sieht ihm ähnlich (dem Einzigen)! Man hat sein Geburtsdatum verändert, ganz einfach.

Das war mystisch: Eigenartig, als sie ihre Papiere ordnete, hat sie ein Foto von dem Einzigen gefunden, sie erinnert sich deutlich, dass sie es zerrissen und weggeworfen hat. Da lag es plötzlich obenauf, lag in dem Hefter mit der Doktorarbeit in einem vergilbten Umschlag. Warum hat sie diesen Hefter überhaupt aufgeschlagen? Stimmt, sie wollte ihm die Arbeit zum Lesen geben.

Er hat sich gegen diese aufgedrängte Lektüre gewehrt:

»Du sogenannte Tamara! Willst du mir beweisen, dass du äußerst klug bist?«

Aber das Foto! Wie aus dem Gesicht geschnitten, allerdings war das Gesicht dort viel jünger.

Sie reicht ihm den Umschlag und fragt:

»Bist du das? Guck dir das mal an!«

Er weigert sich lange, dreht sich sogar weg:

»Oje, musst du mir das unbedingt vor die Nase halten?!«

Schließlich wirft er einen Blick auf das Foto in ihren zitternden Händen.

»Schau hin, er sieht doch genauso aus wie du!«

»Guck dir das Datum an, dumme Kuh. Kislowodsk. Narsan, Gallerie mit zwei »l«, bist du dumm? Und hier steht: Gruß aus dem Kaukasus! Ich war nie dort, Tamara. Da war ich noch nicht mal geboren!«

Schon ist er verschwunden und sitzt in der Küche, danach hockt er mit einer Tasse Tee und einer Scheibe Weißbrot vorm Fernseher.

Und sie steckt den Umschlag wieder weg, legt ihn auf seinen Platz in den alten Hefter zurück, und will doch feierlich und laut »mein Kleiner« zu ihm sagen.

DER AUSBRUCH

Diese stolze geplagte Kämpferin für ihre Liebe, was sie nicht alles angestellt hat!

(Und sie dachte noch, sie habe das Recht dazu.)

Was diese Liebende nicht alles durchgemacht hat, zum Beispiel hat ihr der eigene Mann zum Abschied mit der Faust einen Vorderzahn eingeschlagen (es gelang, diesen Zahn wieder gerade zu biegen).

Die Kinder! Die Kinder haben sie beinahe verlassen. Die Tochter wollte sie nicht mehr sehen, blieb am Telefon stumm, wenn sie die weinende Stimme der Mutter hörte.

Und der Sohn, der Sohn war bei der Mutter geblieben, sie brachte ihn auf die Datscha, wo sie nun froren, eine winterliche, halb vermoderte kleine Datscha mit Ofen, die Schule im Dorf und ein Laden, wo es Chips gab, Eis, Pizza, Schokolade, Sonnenblumenöl, Brot und Butter, und Käse, aber nicht immer.

Dort verbrachte sie die ganze Zeit mit ihrem Sohn, wenn sie nicht gerade auf Jagd nach ihrem Geliebten war, der Lichtblick ihres Lebens – er war jedoch ein ganz gewöhnlicher Mensch, wie es sie zu Tausenden gibt, nicht sehr jung, von mittelmäßigem Aussehen, freigebig in Maßen, aber es hatte sie gepackt – sie konnte nichts dagegen tun.

Das ist wie Feuer im Blut, eine Kette von chemischen Reaktionen, buchstäblich Sekunden vor einer Atomexplosion!

Sie hatte sich sogar eine Glatze scheren lassen.

Aber ihr stand alles – sowohl die Erschöpfung als auch diese riesigen glänzenden Brillanten, die ihre Augen waren, und der große ausgetrocknete Mund, alles.

Das arme Objekt ihrer Liebe wusste nicht was tun, er hatte bereits eine gute Frau aus Europa und einen Sohn, Student, eine gute Wohnung, alles war in Ordnung bei ihm, europäischer Standard, von Zeit zu Zeit kleine Flirts ohne Verpflichtung, eine Datscha (ein ehemaliges Landgut) in Litauen, One-Night-Stands auf Dienstreisen (so begann übrigens auch unsere Geschichte, Sex in einer fremden Stadt, im Hotel, und er und sie waren seit einiger Zeit Bürger verschiedener Länder).

Dann entwickelte sich die Sache so, dass er extra für längere Zeit nach Moskau kam, er hatte alles klug eingefädelt, seine Firma mietete sogar eine Wohnung für ihn.

Dascha, von der hier die Rede ist, war oft bei ihm, wenn sie von der Datscha kam – die Sache passierte im Sommer, der Sohn lief frei herum, er hatte in der Siedlung Freunde, und Essen, doch das Essen war ihm eigentlich egal, er kaufte sich im Dorfladen Eis, Chips, Coca Cola und tiefgefrorene Pizza, und er feierte mit seinen Freunden Gelage, sie machten sogar Feuer auf dem ausrangierten Grill, den vor langer Zeit, im vergangenen Jahr, der nun verlassene Vater angeschafft hatte.

Dascha fand das gut, der Sohn war ein selbständiger Mensch, der Grill – ein guter Einfall, toll, hier haben wir noch Kartoffeln, die könnt ihr backen!

So konnte sie unbesorgt in die Stadt fahren, wo der Geliebte ihr ein kleines Nest gebaut hatte und wo auf beide das Bett wartete.

In der Nacht erhob sich Dascha immer wie ein Tsunami zu voller nackter Größe, flog zu ihrem Sohn, manchmal mit dem letzten Regionalzug, nicht zu ändern!

Ein Seufzer drang aus der Seele der getrennten Verlieb-ten, die allnächtliche Abschiedsklage.

Doch das zog sie nur noch stärker zueinander hin, dieses Wort »es geht nicht« und »ich muss«.

Allerdings zeigte sich in naher Zukunft ein Lichtstrahl, Dascha hatte für ihren Sohn einen Platz in einem Jugend-lager organisiert, alles lief auf das gewünschte Ergebnis hinaus – nachdem sie den Platz gekauft hatte, eilte sie triumphierend zu ihrem Geliebten.

Sie kam unplanmäßig, ohne ihm vorher telefonisch Bescheid zu sagen. Sie wollte ihm mitteilen, dass sie die nächsten 24 Tage frei seien. Aber er war nicht an den Apparat gegangen, weder auf Arbeit noch in der Woh-nung.

Vielleicht hatten sie eine Arbeitsbesprechung. Es war ja mitten am Tag!

Dascha nahm ein Taxi und erreichte schnell das ver-traute Haus.

Ihre Idee war – ich koche uns was, warte auf meinen Liebsten, hurra!

Als sie allerdings vor der Wohnungstür in der Handtasche wühlte, entdeckte sie, dass der Schlüssel weg war! Wo hatte er sich bloß versteckt? Hatte sie ihn verloren? Aber wie? Er hing doch am Schlüsselbund!

Diese Entdeckung brachte sie völlig aus der Fassung. Sie ging hinunter, stellte sich vor die Haustür und schaute nach oben.

Die Wohnung des Liebsten lag im ersten Stock, direkt über dem Balkon im Parterre, vor diesem Balkon war ein Gitter, ein stabiles Gefängnisgitter, und Aljoscha und sie hatten sich immer belustigt gefragt, wie die Leute in dieser Zelle leben konnten, ein vergitterter Himmel!

Später kamen sie darauf, dass dieser Käfig durchaus als

Leiter benutzt werden könnte: schwups – und du bist auf dem Balkon im ersten Stock!

Der Schutz vor Dieben im Parterre war also der Weg für die Diebe zu den oberen Nachbarn!

Sie müssten den eigenen Balkon ebenfalls vergittern, und das würde eine Kettenreaktion auslösen, eine Ausbreitung von Gefängnisgittern nach oben.

Darüber lachten sie immer, wenn sie gemeinsam nach Hause kamen, sorglose Mieter einer fremden Immobilie, die in dieser Stadt nichts besaßen, nichts außer einer modrigen kleinen Datscha mit Ofen (allerdings in einer nicht üblen Siedlung).

Hier muss gesagt werden, dass Dascha eigentlich keine arme Frau war, kein Flüchtling mit Kind, in der beschriebenen Zeit verdiente sie sehr gut in ihrem Beruf, weit mehr, sagen wir, als ihr verlassener Ehemann oder ihr neuster Kandidat Aljoscha.

O, Dascha sah nur so aus wie ein armes Würmchen, in Wirklichkeit hatte sie schon mit dem Bau eines neuen Nests begonnen, hatte bei einem Architekten den Plan für ein zweistöckiges Haus in Auftrag gegeben und sogar schon den ersten großen Schritt gemacht, einen Schotterweg für die Baufahrzeuge von der Chaussee direkt zum Haus anlegen lassen, das heißt, sie hatte den Grundstein für ein neues Leben gelegt.

So! Aber nun stand sie unter dem Fenster der unzugänglichen Wohnung, Aljoscha war noch nicht da, aber wartend auf der Bank sitzen, dazu war dieses impulsive Kind nicht fähig.

Schnell und sicher, ohne sich umzuschauen, kletterte sie, zapp-zapp, über das Balkongitter im Parterre auf den Balkon im ersten Stock – direkt zum gelobten Ziel, stieg munter und fröhlich über die Brüstung – und stand vor dem

Eingang zur Wohnung, vor der halbgeöffneten Balkontür aus Glas.

Sie ging hinein, ganz begeistert von ihrem Abenteuer, und dachte sich schon aus, wie sie fröhlich von ihrer Heldentat erzählen würde (später, wenn Aljoscha käme), sie wollte gerade in die Küche gehen, um Wasser zu trinken, schaute sich aber noch einmal im Zimmer um – und erstarrte.

Dort stand ein solider halbgeöffneter fremder Koffer, auf dem Nachttisch lag eine Damentasche, aber das Bett! Das Bett sah aus wie ein noch nicht abgekühltes Schlachtfeld, jawohl. Die Spuren des sexuellen Kampfes lagen offen da, dazu ein kleines, wie vollgerotztes Handtuch ...

Also war gerade eine Frau bei Aljoscha gewesen. Und er war zu Hause.

Aus der Küche hörte sie Klopfen, als ob ein Messer auf die Keramikplatte stößt, die Dascha einen Monat zuvor gekauft hatte! Eindeutig wurde dort Essen zubereitet, die intime fragende Stimme einer Frau war zu vernehmen, das fremde Weibsbild benahm sich wie in der eigenen Wohnung!

Aljoscha stammelte etwas Bestätigendes zur Antwort. Stimmte zu. Seine Stimme!

Sie waren hier nicht zum ersten Mal zusammen!

Besinnungslos vor Wut, voller Ekel und Leid stürzte unsere Dascha, alles um sich herum vergessend, in diese Küche, machte Aljoscha eine Szene, nicht mehr und nicht weniger.

Sie schrie, verschluckte sich an den Tränen und dem Rotz, erstickte sich fast selbst. Aus unerfindlichen Gründen wandte sie sich um Trost an ihren geliebten Mann, der sie gerade mit einer anderen betrogen hatte!

Sie war wie blind, sie interessierte sich nicht im geringsten für diese höfliche Madam, die, zur Salzsäule erstarrt, mit dem Messer dastand, sogar der bleiche lächelnde Aljoscha, der in der Ecke saß, trat in den Hintergrund und leuchtete dort undeutlich als weißer Fleck.

Dascha streckte die Hände zu ihm aus und stammelte schluchzend.

Wie sich herausstellte, schuf Dascha in diesem Moment ihr genialstes Werk. Weder vorher noch später in ihrem Leben hat diese rebellische Seele einen Text von solcher Kraft hervorgebracht.

Dann drehte sie sich um, stöhnte und rannte davon. Sie rannte um ihr Leben, sah vor lauter Tränen nicht die Stufen, stürzte auf die Straße, geriet beinahe unter einen Bus, die Bremsen quietschten, sie aber rannte weiter wie ein Orkan, um sich zu retten, stürmte geradewegs durch die Höfe, flog auf die Hauptstraße und winkte hüpfend und mit dem Arm rudernd ein Taxi heran.

In diesem Moment holte Aljoscha die in ihrem Ausbruch stehen gebliebene Dascha ein, umarmte sie und fuhr mit ihr im Taxi auf die Datscha – für immer.

Er erzählte ihr, seine Frau sei unverhofft gekommen.

Eine zusätzliche Prise Salz in dieser Tragödie war nicht nur, dass er seine Telefone ausgestellt, sondern auch, dass er die Wohnungstür durch einen zusätzlichen Hebel verschlossen hatte, über den sie früher immer lachten – die Diebe, die über den Balkon hereinkletterten, könnten nicht mehr raus, weil sie das Geheimnis dieses Hebels nicht kannten.

Dieser Hebel blockierte die Möglichkeit, hinein- und hinauszugehen, dieses raffinierte Hebelchen, aber Dascha hatte, als sie aus der Wohnung rennen wollte, eine Erleuchtung gehabt, sie lachte sogar im Weinen auf und öffnete mit einer leichten Handbewegung das Schloss.

Sie begriff, dass es Aljoscha gewesen war, der die Tür vorsorglich von innen verriegelt hatte, seine Frau konnte von diesem Geheimnis nichts wissen! Aljoscha hatte die Tür verschlossen aus Angst, sie würde kommen, Dascha!

Außerdem: Wo war der Schlüssel hin, wer hatte ihn vom Bund abgemacht? Wann?

Doch danach fragte sie ihren Mann niemals im Leben, niemals.

WATERLOO BRIDGE

Alle sagten schon »Oma« oder »Muttchen« zu ihr, im Stadtverkehr und auf der Straße. Für ihre Enkel war sie ja auch die Großmutter, Großmutter Olja, ihre Tochter allerdings, eine erwachsene Schulgeographin, dickleibig und groß, hockte noch immer bei der Mutter, und der Mann der Tochter, ein armseliger Fotograf aus dem Fotostudio (eine Missheirat, Ergebnis einer Kur) –, mal kam er heim, dieser Mann, mal nicht.

Großmutter Olja war schon seit Langem ohne, ihrer war ständig dienstlich unterwegs gewesen und dann für immer zurückgekehrt, aber nicht zu ihr, er hatte auf alles gepfiffen, alles stehen und liegen lassen: Eigentum, Anzüge, Schuhe und die Filmbücher; die Sachen fielen ohne Sinn und Zweck Großmutter Olja zu.

Sie und die Tochter fanden sich mit ihrem Schicksal ab und unternahmen nichts, um dem Flüchtigen seine Sachen zu geben, es tat weh, wo anzurufen und wen ans Telefon zu bitten, und erst recht, sich mit jemandem zu treffen. Der Papa selbst wollte das offensichtlich auch nicht, es war ihm, dem jung und glücklich verheirateten Vater eines kleinen Sohnes, peinlich, die Sachen in der Wohnung abzuholen, in der seine Enkel und seine flügellahme großmütterliche Ehefrau hockten. Möglicherweise, so dachte Großmutter Olja, hat die andere zu ihm gesagt: »Spuck drauf. Was du brauchst, kaufen wir morgen früh.«

Möglicherweise war *sie* reich. Im Unterschied zu Großmutter Olja, die an Rote-Bete-Salat und Sonnenblumenöl
gewöhnt war und ihre Schuhe in einer orthopädischen
Werkstatt für arme Invaliden kaufen musste, mit Schnür-
senkeln wie bei Kinderschuhen, breiter als normal, wegen
der Beulen an den Füßen.

Fast kahl war Großmutter Olja, sanfter, starrer Blick hinter dicken Brillengläsern, ein Federhut auf dem Kopf, mäch-
tiger Leib, breite Füße.

Gleichwohl war sie ein selten gutherziges Geschöpf, ständig kümmerte sie sich um jemanden, schleppte Einkaufstaschen zu allen möglichen vor sich hinschimmelnden Verwandten, fuhr von einem Krankenhaus zum nächsten und
pflegte sogar die Gräber, und zwar allein.

Die Geographinnentochter unterstützte die Mutter nicht,
obwohl sie bereit war, sich für ihre sogenannten Freundinnen in Stücke reißen zu lassen, sie ernährte, auf sie hörte,
aber doch nicht auf Großmutter Olja!

Kurz, Großmutter Olja flüchtete aus dem Haus, wenn sie
mit ihrem Rote-Bete-Salat und billigen Fisch fertig war. War
sie weg, überredete die Geographinnentochter, unbeweg-
lich wie viele Leute mit Familie, ihre Freundinnen, zu ihr
zu kommen, und dann wurde anhand von Beispielen aus
der persönlichen Praxis lang und breit über das Leben dis-
kutiert.

Der Ehegatte der Geographin war meist abwesend, dieser
Foto-Gemahl führte in seinem Fotolabor aus alter Gewohnheit ein Rotlichtleben, wer weiß, was dort alles passierte,
die Geographinnentochter hatte selbst einst dieses Rotlicht
durchlaufen, als sie in einem furchtbaren Zustand von der
Kur zurückkam, eine junge Bohnenstange mit Brille und
hervorquellenden Augen, der Mund wie eingefroren. Danach
hatte sie den Fotolaboranten (dazu Alimentezahler ohne

Unterkunft) angeschleppt, zur ehrenwerten Mama und zum Herrn Papa damals noch, in die winzige Dreizimmerprofessorenwohnung, die blöde Kuh.

Doch das war Vergangenheit und viel Zeit seitdem verstrichen, Großmutter Olja, die nach dem Weggang des Professors nichts mehr hatte, keine Arbeit, keine Hoffnung auf Pension und keine Kopeke zu beißen, und außerdem im Durchgangszimmer hauste (Der Fotograf und die Geographin hatten nach dem Weggang des Vaters augenblicklich das isolierte Zimmer besetzt, das sogenannte Arbeitszimmer. Früher hatten sie mit den Kindern im Zimmer vor dem Durchgangszimmer gewohnt, jetzt vergrößerten sie sich, was ja das Familienleben fördern soll, und Großmutter Olja, die sowieso schon immer im Wohnzimmer auf dem Sofa schlafen musste, saß nun endgültig dort fest.), Großmutter Olja, wie gesagt, musste nun ihres neuen Berufs als Versicherungsvertreterin wegen viel durch Pfützen latschen, an fremde Türen klopfen, um Einlass bitten, an Küchentischen Versicherungspolicen ausfüllen, gutherzig, mit ewig dicker Einkaufstasche, Schweißperlen auf der Nase und einem Kropf wie eine Gänsemutter.

Unansehnlich, redselig, ergeben, vertrauenswürdig (für Fremde, nicht für die eigene Tochter, für die war die Mutter keinen Heller wert, und sie rechtfertigte voll und ganz den Weggang des Herrn Papa), das war Großmutter Olja, die kein bisschen für sich selbst lebte, den Kopf immer voll fremder Sorgen hatte und bei jeder neuen Bekanntschaft, die sie schloss, ganz beiläufig ihre eigene Geschichte erzählte, die Geschichte der glänzenden Sängerin aus dem Konservatorium, die geheiratet hat und mit ihrem Mann in den finstersten Krähwinkel, in ein Naturschutzgebiet gezogen ist. Dort hat er seine Doktorarbeit geschrieben und sie ein Kind gekriegt usw., und zum Beweis sang Großmutter Olja sogar einen Satz aus der Romanze »Meine Stimme klingt zärtlich und schmachtend für dich« und kicherte gemeinsam mit den verdutzten Zuhörern, die eine so gewaltige Wirkung nicht erwartet hatten, denn im Geschirrschrank klirrten die Gläser und von den Fenstersimsen flogen die Tauben auf.

Die Tochter allerdings und auch die Enkel konnten Großmutter Oljas Gesang natürlich auf den Tod nicht ausstehen, denn im Konservatorium war sie zur Opernsängerin und nicht zur Kammersängerin ausgebildet worden, dazu noch zu einer Sängerin mit dem seltenen Timbre einer dramatischen Sopranistin.

Jedoch, auch eine Alte kann mal ausflippen, und in unserem Fall war es Großmutter Olja, die ihre Bürde und die Scherereien mit dem fruchtlosen Klopfen an fremde Tore nicht mehr aushielt und aus heiterem Himmel einfach ins Kino stiefelte, ganz allein und für sich. Dort war es warm, es gab ein Buffet, der Film kam aus dem Ausland, und was das Tollste war, vor dem Eingang stand ein Haufen Altersgenossinnen, genau solche Tanten und Muttchen mit Einkaufstaschen wie sie.

Ein regelrechter Hexensabbat brodelte vor dem kleinen Kino, und Großmutter Olja, die sich mit Gewissensbissen zu überreden versuchte, doch auch mal zu verschnaufen, stampfte unaufhaltsam und von seltsamen Gefühlen bedrängt zur Kasse, kaufte sich eine Karte und trat in die fremde Wärme des Foyers.

Vor dem Buffet drängelten sich Leute, auch Jugendliche waren dabei, in Form von Pärchen, und Großmutter Olja verlangte ebenfalls für wahnsinnig viel Geld eine süßliche Brause zweifelhafter Herkunft, ein belegtes Brötchen und ein Stückchen, das angeblich Kuchen sein sollte. Wenn schon feiern, dann richtig. Und nachdem sie sich mit dem karierten Taschentuch ihres Mannes Mund und Hände abgewischt hatte, ging sie in einem ihr unverständlichen Erregungszustand mit der Menschenmenge in den Saal, setzte sich, nahm die Lammfellmütze mit Gummiband ab, den Schal, knöpfte den verschlissenen, einst eleganten Wintermantel auf – blauer Gabardine mit Schwarzfuchspelz, lieber nicht in den Spiegel schauen –, und da erlosch auch schon das Licht, und das Paradies brach an.

Großmutter Olja sah auf der Leinwand all ihre Träume, sich selbst als junges, schlankes Mädchen, wie ein Schilfrohr in einem Naturschutzgebiet, mit hellem Gesicht, und sie sah auch ihren Mann, wie er hätte sein sollen, und das Leben, das sie aus unerfindlichen Gründen nicht gelebt hatte.

Es war voller Liebe, die Heldin starb am Ende, wie wir alle sterben, arm und krank, aber unterwegs tanzte sie einen Walzer bei Kerzenschein.

Am Ende weinte Großmutter Olja, und alle um sie herum schneuzten sich ebenfalls, dann machte sie sich mit weichen Knien erneut auf, ihren Tribut einzufordern, wie eine Arbeitsbiene, sie küsste wieder einmal zwei verschlossene Türen und kroch, auf dem Feld der Arbeit zusammengebrochen, auf allen vieren nach Hause.

Der Autobus mit den schwitzenden Fensterscheiben, die überhitzte Metro, eine Station zu Fuß, zweiter Stock, der ihr entgegenschlagende Wohnungsgeruch, zarte Kinderstimmen in der Küche, Verwandtes, Geliebtes, Bekanntes – stop.

Plötzlich sah Großmutter Olja, als sei es Wirklichkeit, das Gesicht von Robert Taylor vor sich, voller Zärtlichkeit und Mitgefühl.

Am nächsten Tag rannte sie gleich frühmorgens wieder in den Stadtbezirk von gestern, traf diesmal ihre Kunden an, sammelte das Geld ein, machte in den Küchen der Gemeinschaftswohnungen ihrer Klienten Bekanntschaft mit einer Reihe neuer Leute, die sie aufforderte, ihr Leben vorteilhaft zu versichern, und schon unterwegs, das war ja das Verführerische an der Sache, eine Wiedergutmachung für alle Verletzungen, Brüche und Operationen in Form eines Gewinns zu kassieren, die Leute hörten ihr bereitwillig zu, sannen über das Schicksal nach, Großmutter Olja kam mit ihnen ins Geschäft und stürzte dann Hals über Kopf ins Filmtheater von gestern, zur Frühvorstellung.

Aber dort lief bereits ein anderer, ein Kinderfilm.

Ungeachtet dessen traf Großmutter Olja vor der Kasse eine Frau, die ihr bekannt vorkam, die Oma von gestern, die noch ziemlich jung aussah, die mit der hohen Persianermütze. Diese Oma war ebenfalls am frühen Morgen ins Kino gerannt und fragte nun ganz niedergeschlagen nach dem Filmprogramm, bestimmt, um den Kintopp rauszukriegen, in dem ihr Lieblingsfilm heute lief.

Großmutter Olja spitzte die Ohren, fragte selbst noch einmal nach, erfasste den Kern der Sache, trippelte am nächsten Tag – leider erst am nächsten – einsam zum Rendezvous mit dem Geliebten und kehrte in die Zauberwelt ihres anderen Lebens zurück.

Sie schämte sich nicht mehr vor den anderen Großmüttern, auch nicht vor sich selbst, am Ausgang sah sie glückliche, verheulte Gesichter und wischte sich selbst die Tränen mit dem großen Männertaschentuch ab, das ihr als Andenken geblieben war, so wie die wollene Männerunterwäsche, die sogenannte Jägerleibwäsche, die sie bei Kälte anzog, und die langen Männerunterhosen zur Nacht, die Tochter trug in der Schule die karierten Hemden vom Vater unter ihrem Kleiderrock: Das Leben geht weiter!

Mein Gott! dachte die rechtschaffene und wie ein Bergkristall so reine Großmutter Olja. Was ist los mit mir? Eine regelrechte Sinnesverwirrung! Und das Schärfste – diese alten Frauen rennen von Vorstellung zu Vorstellung, entsetzlich ...

Sie selbst fühlte sich nicht als alte Frau, viel lag noch vor ihr, wer weiß, was noch alles: Großmutter Olja wurde auf der Arbeit geschätzt, die Kunden achteten sie, sie war die Ernährerin der Familie, hatte sogar für die Kinder ein Aquarium gekauft und war mit ihnen auf den Tiermarkt gefahren, um Fische zu holen, hauptsächlich in der Hoffnung, die ganze Sache zu vergessen. (Ihre Gefühle hatte Großmutter Olja in der Gewalt, sie konnte sich aufopfern, wie zum Beispiel damals im finsteren Naturschutzgebiet.)

Aber es hilft verdammt wenig, sagte sich Großmutter Olja nach einem ihrer Hausbesuche. Worüber sie auch redete, immer und immer wieder drängte sich der geliebte Name »Robert« auf ihre Lippen, der Titel des Films (»Waterloo Bridge«) und Einzelheiten aus dem Leben der Schauspieler.

Die Leute erzählten ihr von sich, Großmutter Olja aber hatte nur die Vorstellung von vorgestern und das Kino im Kopf, in dem der Film das nächste Mal lief.

Sie merkte ja selbst schon, dass sie immer tiefer sank, vor allem in den Augen der Kunden, dass sie nicht mehr so eifrig deren Geschichten lauschte, dass sie nicht mehr so teilnahmsvoll wie früher Wohnungsintrigen, Gerichtsprozesse, Ehebrüche und Pläne mit ihnen erörterte, dass sie alles ganz mechanisch aufnahm, mit dem Kopf nickte, mit der Nase schniefte und nach dem Taschentuch suchte; aber all dieses Gelaber und Gerede wurde vom Wichtigsten übertönt: von *seinen* Leiden. Und verbunden damit auch von *ihren*.

Schließlich stand für Großmutter Olja die Bestimmung ihres Lebens endgültig fest.

Sie pfiff auf alle Konventionen.

Ihre hauptsächliche Aufgabe sah sie nun nicht mehr im Versichern und Beiträgekassieren, sondern darin, dass sie den in irdischen Staub geworfenen Kunden die Idee eines anderen Lebens eingeben konnte, eines überirdischen, erhabenen, zum Beispiel die Vorstellungen um 19 und 21 Uhr im Filmtheater »Leinwand des Lebens« am Gartenring.

Ihre Augen strahlten dabei durch die dicken Brillengläser.

Warum und weshalb sie das tat, wusste Großmutter Olja nicht, doch sie brauchte das, den Leuten Glück zu bringen, ein neues Glück, sie brauchte das, immer mehr Fans von »Robby« zu werben, einigen Neugeworbenen gegenüber empfand sie sogar mütterliche Zärtlichkeit – andererseits aber auch mütterliche Strenge, in jener anderen Welt war sie Begleiterin und Wächterin, die auf die Regeln und Traditionen achtete. Ihr Heft mit Artikeln über Robert Taylor und Vivien Leigh, die sie aus Zeitungen herausgeschrieben hatte, war schon dick.

In dasselbe Heft hatte sie auch Porträts und Szenenfotos aus dem Film geklebt. Der Taugenichts von Schwiegersohn hatte sich in seinem zweifelhaften Fotolabor unter der roten Laterne abrackern müssen, wenigstens dazu war er nütze!

Großmutter Olja konnte nicht mit ansehen, wie sich ganze Heerscharen von alten Mütterchen zur heiligen Handlung einfanden, das reinste Sodom und Gomorrha – Geheul, hysterisches Geschrei, Poeme gingen von Hand zu Hand.

»Robbys« Geburtstag wurde festgesetzt, und die Omas zelebrierten ihre geweihte Nacht im Kinofoyer, tranken französischen Rotwein und Weißwein und machten Krawall vor der Vorstellung, während Großmutter Olja wie eine strenge Priesterin allein zu Hause in der Küche feierte.

Trafen sie sich wieder, erzählten sie einander, wie es war, Großmutter Olja aber verschloss vor solchem Gewäsch die Ohren, behielt ihr Geheimnis für sich, schrieb jedoch in der Stille der Nacht selbst Gedichte und vertraute sie hemmungslos und im passenden Moment ihren Kunden an.

Sie konnte sie ja schließlich nicht den Mütterchen vortragen, aus Rache hätten die gleich solch hohles Zeug wie »Und viele Mädchen hat er so süß betastet« aufgesagt, pfui!

Großmutter Olja murmelte ihre erhabenen Gedichte auserwählten Kunden vor, hastig, schniefend, die Brillengläser tränentrüb.

Die Zuhörer schauten gequält zur Seite, wie damals, als Großmutter Olja im Zustand tiefster Rührung lauthals sang. Ihr war ihre peinliche Lage wohl bewusst, sie kam aber nicht dagegen an.

Wenn einen Menschen die Leidenschaft packt, ist er blind, und später ist er nicht mehr fähig, sich zu beherrschen, mit Vernunft zu urteilen und die Folgen zu bedenken, er unterwirft sich ergeben, weil er endlich seinen Weg gefunden hat, egal wie dieser aussieht.

»Alles harmlos«, sagte sich Großmutter Olja immer und immer wieder, wenn sie glücklich und zufrieden einschlief, »ich bin eine kluge Frau, und es geht niemanden was an, das ist ganz allein meine Sache.«

Und sie entschwebte in ihre Traumwelt, in der sie einmal sogar mit Robert Taylor in einem Cabriolet spazieren fuhr, sie saßen beide auf dem Rücksitz, im Cabrio war niemand außer ihnen, nicht mal ein Chauffeur, und *er* hatte seinen Arm um Großmutter Olja gelegt und saß hingebungsvoll neben ihr.

Wem konnte sie das erzählen!

Nur ein einziges Mal kam es zu einem peinlichen Zwischenfall, denn (so die Geographinnentochter): Warum treibst du dich auch nachts auf der Straße rum!

Großmutter Olja war nach der Vorstellung irgendwo am Rande der Stadt herumgeirrt – Leidenschaft gar oft viel Leiden schafft –, und ein junger Mann war ihr gefolgt, hochgewachsen, beleibt, Fellmütze mit heruntergelassenen Ohrenklappen. Großmutter Olja dagegen war jugendlich gekleidet, die Lammfellmütze hatte sie verwegen auf dem Kopf sitzen, und sie summte »Ich öffne dir das Fenster« vor sich hin. Und dieser junge Mann sagte, als er Großmutter Olja einholte: »Was für entzückende Füßchen Sie haben!«

»Waaas?« fragte Großmutter Olja.

Er blieb stehen und fragte seinerseits: »Welche Schuhgröße?«

»Neununddreißig«, antwortete Großmutter Olja verwundert.

»Entzückend«, erwiderte der junge Mann traurig, da rannte Großmutter Olja auch schon an ihm vorbei nach Hause, nur schnell nach Hause, zur Straßenbahn, und ihre Tasche klapperte.

Aber dann, in der Nacht, als sie die Sache nüchtern betrachtete, war die Arme verwirrt von dem armseligen und kranken Anblick des jungen Mannes, von seinen schlurfenden Schritten, seinem unrasierten, verwilderten Gesicht mit dem dunklen Schnurrbart: Wer war das?

Sie versuchte, sich die bekannten Geschichten vom Typ: Mutter gestorben, Nervenzusammenbruch, aus dem Gefängnis entlassen, Schwester samt Familie kümmert sich nicht um mich und ekelt mich aus dem Haus und so weiter zurechtzuspinnen, aber etwas passte hier nicht ins Bild.

Ungeachtet der warnenden Rufe der Tochter fuhr Großmutter Olja am folgenden Abend wieder dorthin, zur gleichen Vorstellung.

Und als sie sich Robert Taylor noch einmal ansah, begann sie zu begreifen, wem sie nach dem Film auf der dunklen Straße begegnet, wer der kranke und verwahrloste Mann gewesen war, trauernd, unrasiert, aber mit Schnurrbart.

In der Tat, wer sonst hätte sich auch auf der Straße herumtreiben sollen, nach der Geliebten suchend, die von der ganzen Welt verlassen worden war. Wer sonst hätte an einem solch finsteren Ort im Jahr 1954 herumirren sollen, welcher arme und kranke, von allen vergessene Geist im zu engen Mantel. Er irrte herum, um auf der Waterloo-Brücke der nichtswürdigsten, von allen im Stich gelassenen, als Putzlumpen oder Fußabtreter benutzten Seele zu erscheinen, und das buchstäblich in ihrem letzten Lebensabschnitt, wo sie sich zur Abreise fertig machte ...

ALI-BABA

Sie begegneten sich – wie das so vorkommt – beim Schlangestehen in der Bierbar. Sie drehte sich um und erblickte
einen Blauäugigen in einem finnischen Anzug und mit
schwarzen Wimpern, und sie wusste auf der Stelle: Der gehört mir. Da sie nicht ahnen konnte, wie leicht ihr die Beute
in die Hände fallen würde, verschwendete sie viel Zeit mit
Kopfdrehen und Annäherungsgewisper (»Ich bin vor Ihnen,
ja?«), und er stand geduldig in der Schlange und wartete auf
sein Verderben, der arme Prinz in dem grauen finnischen
Anzug, das einzige, was ihm noch geblieben war. Im Unterschied zu Ali-Baba wusste er, dass keine Frau mit gesundem
Menschenverstand sich einen wie ihn angeln würde, die haben einen siebten Sinn. Ali-Babas Annäherungsversuche beobachtete er mit einem gewissen Interesse, wobei er die Reste
seines Gefühlslebens mobilisierte und sich an jene Zeit zu-
rückerinnerte, als Frauen und Mädchen in der Straßenbahn
oder in der Metro bei ihm noch Gedanken in der Art »Was
wäre, wenn« weckten. In den letzten Jahren hatte er gleich
von vornherein resigniert abgewinkt, noch bevor er überhaupt auf solche Gedanken kam. Und wenn er ein besonders sympathisches Mädchen sah, winkte er besonders
griesgrämig ab. Bei Ali-Baba jedoch regten sich in ihm absolut keine Gefühle, in diesem Fall brauchte er nicht mal ab-
zuwinken: Er hatte eine ganz normale, anständige jüdische
Frau mit großen schwarzen Augen vor sich. Da er noch fast

nüchtern war, konnte er nicht ahnen, dass sich hinter allen großen Augen eine Persönlichkeit mit einem eigenen Kosmos verbirgt, dass dieser Kosmos nur ein einziges Mal existiert und dass kein Tag vergeht, wo die Persönlichkeit nicht zu sich sagt: Jetzt oder nie. Zumal Ali-Baba ja, genau wie er, in der Bar nach Bier anstand. Allerdings war für ihn der Besuch der Bierbar ein Emporsteigen zu den übrigen, den normalen und ordentlichen Menschen, so wie diese Ali-Baba einer war. Für sie jedoch, so mochte er annehmen, war der Besuch der Bierbar bestimmt ein Abstieg: Was hat eine anständige Frau in einer Bierbar zwischen fluchenden Männern zu suchen, auch wenn es sich um die Bierbar in der Puschkinstraße handelt, wo überall Miliz herumsteht und wo an den Wänden Lampen leuchten, wo allerdings die Putzfrau von 20 Jahren zwischen den Tischen hin und her wetzt und angeblich leere Wodkaflaschen in ihre Kammer schleppt, während der Gast auf dem Boden zu seinen Füßen im Dunkeln herumtastet und lange seiner Verwunderung nicht Herr werden kann: Wo ist bloß die halbausgetrunkene Wodkapulle geblieben? Doch die Flasche war – schwups – in der Kammer verschwunden, und Nina roch schon am Brotkanten, deswegen gab es häufig Krach mit der Gaststättenleitung – unter Ausschluss der Miliz.

Der Blauäugige jedoch hatte keine Ahnung, wer Ali-Baba war, und auch sie tappte, was ihn betraf, im Dunkeln. Jeder dachte vom Anderen, er sei ein anständiger Mensch, und beide gingen mit der besten Absicht aufeinander zu: Sie wollten einfach mit einem guten Menschen plaudern.

Sie unterhielten sich darüber, wie lange man hier anstehen müsse und dass es in anderen Bierlokalen genau das Gleiche sei, wobei sie feststellten, dass es kein Lokal gab, das sie nicht beide bestens kannten, einschließlich des »Saigon«. Er dachte bei sich: Tolles Weib, die hat Ahnung – und war voller Bewunderung für sie. Und sie überlegte: Der Blauäugige ist anscheinend nicht durch Zuwendung verwöhnt, wie es ihr noch bei der ersten Kopfdrehung in der Schlange vorgekommen war, und sie empfand schmerzliches Mitleid und Zärtlichkeit für ihn, wie für ein herumstreunendes Kätzchen von wunderschöner Rasse, das sich gerade jemand aneignet.

Dann sagte sie ihm ihre Gedichte auf, geschrieben für ihren verflossenen Lebensgefährten, der Ali-Baba verflucht hatte, weil sie seine halbausgetrunkenen Flaschen in seiner eigenen, fast leer stehenden Wohnung wer weiß wo versteckte, mit der Begründung, sie wolle nicht, dass er zum Säufer werde. Er hatte keinen blassen Schimmer, dass Ali-Baba alle Reste in sich hineinkippte, und ob eine leere Flasche mehr oder weniger auf dem Balkon stand, wo sie ihren Umtauschfonds aufbewahrten, fiel gar nicht auf. Der verflossene Lebensgefährte kam ihr jedoch auf die Schliche, und er stieß Ali-Baba über die Brüstung des Balkons, auf den sie gerade still und heimlich eine leere Flasche stellen wollte, aber aufgrund einer unsicheren Handbewegung ein Klirren nicht vermeiden konnte. Die über die Brüstung gestoßene Ali-Baba klammerte sich an einen Eisenstab des Geländers und hing wie eine Akrobatin im dritten Stock in der Luft. Die vorübergehenden Leute wussten gleich, woher der Wind wehte, und brachen die Wohnung auf, da Ali-Babas erschrockener Lebensgefährte nicht auf das Klingeln reagierte, sondern in der Küche saß und darüber nachgrübelte, was er der Miliz sagen sollte: entweder Selbstmord, falls niemand etwas gesehen haben sollte, oder dass sie ihn runterstoßen wollte und er sein Leben retten musste. Er guckte griesgrämig drein, als die zwei eingedrungenen Kraftfahrer Ali-Baba mit völlig zusammengekrümmten Fingern zu ihm brachten. Die Kraftfahrer wollten gleich Wodka holen, als sie sahen, wie der Mann in Tränen ausbrach, aber in die Wohnung hatten sich noch etliche Weiber gedrängt, es gab ein Heidenspektakel, aus unerfindlichen Gründen wurde die »Schnelle Hilfe« geholt, obwohl Ali-Baba inständig darum gebeten hatte, das doch bitte sein zu lassen. Schließlich zerstreute sich die Menge, denn es ist nicht Sache der »Schnellen Hilfe«, zusammengekrümmte Finger zu kurieren, so was wird ambulant behandelt, und Ali-Baba stellte die Affäre so hin, als hätte sie den Balkon von außen sauber machen wollen. Ärzte sind keine Untersuchungsführer, sie überprüften nicht, wo Eimer und Lappen waren, sondern verpassten Ali-Baba und ihrem Kerl vielmehr eine Beruhigungsspritze und fuhren wieder ab. In der nächsten Sekunde setzte der Kerl Ali-Baba an die frische Luft, stopfte wie ein Tollwütiger ihre Klamotten in seinen Rucksack und schmiss ihn von dem bewussten Balkon. Und sie hatte alle ihre Sachen bei ihm gehabt, den Mohairpullover, und die Leggins, und Gott weiß was noch alles. Ihr Kosmetikzeug ließ sie im Badezimmer stehen, sie ging unsicheren Schrittes die Treppe runter, um den Rucksack zu holen, und trottete nach Hause zu ihrer Mutter, wo sie noch sehr lange mit diesen zusammengekrümmten Fingern lebte und keine Kraft fand, sich eine Arbeit zu suchen. Der Besuch der Bierbar war für sie der Beginn einer neuen Ära.

Finnenanzug hingegen tauchte in dieser Bierbar nach einem kurzen inneren Kampf auf; als er die gesuchte Person nicht im Büro antraf, wohin ihn sein Chef geschickt hatte (infolge einer Reihe von Schicksalsschlägen war Finnenanzug seinerzeit zum Laboranten degradiert worden und wurde für verschiedene Arbeiten eingesetzt, so auch als Bote), entschloss er sich, ein Mittagessen in Form von flüssigem Brot einzunehmen, wie er das Bier nannte, denn jeder Mensch hat schließlich ein Recht auf eine Mittagspause.

»Flüssiges Brot«, sagte Viktor, als er das Glas geleert hatte.

»Die Sonne«, antwortete Ali-Baba.

»Verstehe«, sagte Viktor, »alles kommt von den Photonen.«

»Ich liebe die Sonne«, antwortete Ali-Baba.

»Soll ich noch was holen?«, schlug Viktor vor, aber sie protestierte. Sie sei jetzt an der Reihe, er sei schon sechs Mal gegangen.

Und Viktor dachte wieder: Gescheites Weib, denn er hatte jetzt nur noch Geld für zwei Bier in der Tasche, und zwar bis zum nächsten Gehaltstag, das heißt noch für die ganze nächste Woche.

Ali-Baba aber war bei Kasse, sie hatte sich bei ihrer Mutter den achten Band von Alexander Block »entliehen«, von hinten weg, damit es der Mutter nicht auffiel. Von Bunin waren nur noch vier von neun Bänden übrig, von Anatole France drei, und die zweibändige Jessenin-Ausgabe glänzte durch völlige Abwesenheit. Ali-Baba war der Meinung, dass die Hälfte des erworbenen Vermögens ihr gehöre und dass es unsinnig sei, erst auf den Tod der Mutter zu warten. Die Mutter lag übrigens im Krankenhaus und hatte keine Ahnung, dass Ali-Baba heimgekommen war, sonst hätte sie ihre ärztliche Untersuchung abgebrochen, und Ali-Baba wäre augenblicklich und mit Gewalt in eine Trinkerheilanstalt gebracht worden, wie es schon zwei Mal geschehen war. Das war auch der Grund, warum Ali-Baba sich hütete, nach Hause zurückzukehren. Schon seit Langem wohnte sie bei Freundinnen oder Freunden, bloß Freundinnen hatte sie kaum mehr, lediglich »Pferdchen« war ihr geblieben, und auch die hatte sich einen Kerl angeschafft, Wanetschka, der nicht nur »Pferdchen« vermöbelte, dass die Fetzen flogen, sondern alle, die »Pferdchen« besuchen kamen, so dass er die Freunde im Handumdrehen vertrieb. Dafür umgab er sich mit Packern aus der Kaufhalle, und so war in der Wohnung immer was zu trinken und zu essen, ein lustiges Leben begann. Was Ali-Babas Beziehungen zum männlichen Geschlecht betraf, so hatte sie in dieser Hinsicht keine Schwierigkeiten, nur ein Problem machte ihr Sorgen: wo eine Penne finden. Alle ihre Freunde hatten entweder Frauen oder Mütter. Und gerade heute hatte zu allem Unglück auch noch Ali-Babas Mama aus dem Krankenhaus angerufen, und die verschlafene Ali-Baba sagte: »Hallo«, worauf die Mama fragte: »Bist du etwa zu Hause?« Aber Ali-Baba legte sofort den Hörer auf und ging nicht mehr ans Telefon, sondern packte unter dem nicht enden wollenden Läuten ihre Sachen, sie nahm betrübt Alexander Block, Band acht, ihr restliches Kosmetikzeug, eine neue Strumpfhose ihrer Mutter und ein Röhrchen mit Beruhigungstabletten mit, und so war sie schließlich in der Bierbar aufgetaucht.

Als die Bierbar schloss, gingen sie zu Viktor nach Hause, der glücklicherweise alleine wohnte. Ali-Baba staunte sehr, als sie erfuhr, dass Viktor erstens unverheiratet war und zweitens ohne Mutter lebte. Er also besaß die lang ersehnte Bude. Und obwohl er Ali-Babas Vorschlag, bei ihm zu schlafen, nicht gerade begeistert aufnahm, gingen sie für diese Nacht zu ihm, er schloss die Tür auf, dann noch eine Tür, und dort im Zimmer war es dunkel und gemütlich, auch wenn es irgendwie unangenehm roch. Er knipste die Schreibtischlampe an, fand zum Glück frische Bettwäsche, und die Liebesnacht begann. Ali-Baba war zufrieden, ein Asyl gefunden zu haben, Viktor war zufrieden, dass er sich nicht blamiert und ein sauberes Laken gefunden hatte, wo doch eine anständige Frau zu ihm gekommen war, und vor dem Einschlafen rezitierte Ali-Baba auf ihre eigene Initiative hin noch einmal ihr Gedicht »Ich eile zu dir durch finstere Nacht ... Die Liebe ist stärker als Reichtum und Macht.« Ohne den Schluss des endlosen Gedichts abzuwarten,

schlief Viktor ein, das heißt, er schnarchte laut und regel-
mäßig. Ali-Baba verstummte und schlief ebenfalls, mit einem
zärtlichen, mütterlichen Gefühl im Herzen, selig ein. Worauf sie gleich wieder erwachte, denn Viktor hatte ins Bett
gemacht. Da verstand Ali-Baba, warum Viktor einsam und
allein lebte und warum ihn seine Frau, das Miststück, verlassen und die Dreizimmerwohnung gegen eine Wohnung
für sich und neun Quadratmeter in einer Gemeinschaftswohnung für ihn getauscht hatte, was er demütig hin-
nahm. Ali-Baba brach in Tränen aus, sprang aus dem Bett,
zog sich um, setzte sich an den Tisch und grübelte in völliger Dunkelheit, bei Geschnarch und säuerlichem Geruch
noch einmal über ihr Schicksal nach, worauf sie die schon
lange bereitgehaltenen Beruhigungstabletten schluckte.
Viktor wachte gegen Morgen auf, erblickte die mit dem Gesicht auf dem Tisch liegende Ali-Baba, las ihren kurzen
Brief und rief die »Schnelle Hilfe«. Als Ali-Baba der Magen
ausgepumpt wurde, kam sie zu sich, und man brachte sie
bei vollem Bewusstsein zusammen mit ihrer Tasche in die
psychiatrische Klinik. Viktor, der verkatert war und zitterte,
fand mehr schlecht als recht in seine Kleider und ging zur
Arbeit, wo er auf die Öffnung des Spirituosenladens wartete. Ali-Baba lag um diese Zeit schon in einem sauberen
Bett in der Frauenabteilung der Psychiatrie, voraussichtlich
für mindestens einen Monat, auf sie warteten ein warmes
Frühstück, ein Gespräch mit dem Arzt, die Erzählungen der
Bettnachbarinnen über deren Leidensgeschichten, und
auch sie hatte Stoff genug zum Erzählen: wie sie, als sie das
erste Mal Tabletten geschluckt hatte, 24 Stunden nichts
mehr sehen konnte, wie sie beim zweiten Mal 36 Stunden
hintereinander geschlafen hatte und beim sechsten Mal um
acht Uhr morgens gesund und munter aufgestanden war.

GÖTTIN PARZE

Es gibt Menschen, die keiner haben will. Niemand will sie. Das ist bitter, wie soll so einer überleben.

Aber eigentlich gibt es so was nicht, dass absolut keiner dich mag – du musst einfach einen Ort finden, wo jemand ist, der ..., nicht, dass er unbedingt was mit dir zu tun haben will, das nicht, aber ein noch völlig Ahnungsloser. Zum Beispiel ein Neuer. Und da stellt sich heraus, dass du dich bei ihm einnisten, was aufbauen, existieren kannst.

Und wenn erstmal so ein weicher Mensch gefunden ist, dann ist alles geritzt, dann lebt und strebt der Ungeliebte, er lebt und strebt diesem Menschen zuliebe, damit er nicht wieder verschmäht wird.

Da war so ein Ungeliebter, der es geschafft hat, sich einzunisten, A. A. hieß er und er taucht in unserer Erzählung in einem billigen Tarnanzug und in nicht sonderlich jungen Jahren auf. Er kam von dort, wo ihn das Schicksal erreicht hat, ein Lehrer aus der nahe gelegenen Provinz (kein beliebter Lehrer).

Wo kam er hin?

Davon erzählt unsere Geschichte.

Er war gekommen, um auf dem Land Urlaub zu machen, er kam in dasselbe Dorf, in das es einst auch eine Panik-Tante aus Moskau verschlagen hatte.

Er, A. A., hatte also eine kleine Veranda in dem Häuschen von Verwandten dieser Panik-Tante gemietet, als Ferienwohnung sozusagen, es gab einen kleinen See, einen kleinen Wald gegenüber, abends war es still und schön, und es gab Mücken, aber er machte kein Licht, er lebte ganz still vor sich hin, verließ in aller Herrgottsfrühe mit dem Rucksack das Haus, im Tarnanzug, an den Füßen alte Turnschuhe, und blieb den ganzen Tag weg. Im Rucksack hatte er allen möglichen Krimskrams. War den ganzen Tag unterwegs, stromerte irgendwo rum, aß Gott weiß was (auf seiner Veranda hatte er nicht mal eine Kochplatte, und das Licht machte der Lehrer schon gar nicht an, die Glühbirne hatte er rausgedreht und der Vermieterin übergeben. Er rasierte sich mit dem Messer im Dunklen).

Ob er sparte?

Er bat um nichts und lehnte alles höflich ab, auch den übrig gebliebenen Eierkuchen vom Vortag, den ihm die Vermieterin brachte (heute backen wir neue): nein, danke.

»Was essen Sie denn überhaupt?«, ärgerte sich scherzhaft die Vermieterin, die eigentlich vorhatte, den Lehrer zu verköstigen und dafür Geld zu nehmen, oder, wenn das nicht klappen sollte, wenigstens für die Kochplatte. Aber er hatte sie sogar extra darüber informiert, dass er keinen Strom brauche, die Tage seien lang.

Die Tage sind ihm lang, haben Sie das gehört? Das hat er extra so eingerichtet, der Geizhals.

Ach, nicht lieb gewann ihn die Vermieterin!

Auf Fragen antwortete er nicht gleich, sondern so, dass man am liebsten gar nichts mehr fragte: »Ist das nicht egal?« Auf eine Frage folgte eine Gegenfrage.

Direkt unhöflich.

Aber zu jeder widerspenstigen Schraube findet sich eine passende Mutter, und so kam die Panik-Tante aus Moskau angefahren, fröhlich, voll Tatendrang, die Frau des um vier

Ecken verwandten Bruders des geschiedenen Mannes der Vermieterin oder so ähnlich.

Diese Tante hatte seit langem die Gewohnheit, für zwei Wochen im Sommer anzureisen, den halben Urlaub. Sie liebte die mittelrussische Hochebene, wissen Sie, kochte Marmelade, salzte ein und marinierte, was ihr unter die Finger kam, wahrscheinlich sogar Stachelbeeren! Und fuhr jedes Mal mit einem imposanten kleinen Laster voll Gläsern-Tüten-Säckchen wieder ab.

Die Arbeit brodelte und brodelte in ihrem Garten vor der Scheune, schön im Schatten und unter dem Schutzdach, im Innern dieser Scheune wohnte sie umsonst, dort hatte sie schon vor drei Jahren Bretter angenagelt und angeschraubt und eine Trennwand eingesetzt, und einmal schleppte sie sogar fröhlich ein ehemaliges Stalltürchen an, auf dem mit Kreide »Ziege« geschrieben stand.

Eine fremde Nachbarin, die ein paar Männer zum Abreißen ihres alten Hofes angestellt hatte, gab ihr dieses Türchen ganz eindeutig mit einem bösen Hintergedanken: damit die Moskauerin bei der verhassten Nachbarin keinen Schlafplatz mietete, keine Kopeke sollte die Vermieterin kriegen!

An dem Türchen war alles Notwendige dran, zwei Angeln, eine Türklinke, sogar ein Schloss hatte es, auch von früher.

Die Panik-Tante aus Moskau hatte sich also in der Scheune eine Art Zimmerchen abgeteilt, in dem sie umsonst wohnte.

Strom allerdings gab es, ein kleiner Fernseher lief, und ein kleiner Kühlschrank brummte. Sie bezahlte für den Strom so viel, wie ihr eigener kleiner Zähler anzeigte, den sie über den Winter ordentlich verpackte und mit all ihren anderen Habseligkeiten im Gerümpelschuppen der Vermieterin lagerte.

Sodass die Vermieterin nichts hatte außer Unannehm-
lichkeiten.

Aber immerhin fuhren ihre Enkel, Maschenka und Jura,
in den Winterferien zur Panik-Tante, zu Alewtina nach Moskau, den Kreml besichtigen, logisch.

Das Scheunenzimmer hatte sich Tante Alewtina schön
hergerichtet, die Wände tapeziert, das Dach geflickt, eine
kleine Gardine vor das verglaste Loch gehängt, das das Fenster ersetzte. Sogar eine Art Pritsche hatte sie sich zimmern
lassen, Strohsack drauf, hurra! Landleben.

Die Besitzerin des Gutes ihrerseits stellte hohe An-
sprüche: viele Beschwerden, was die Gesundheit und ihre
Armut betraf, das war Futter für die Zunge. Aber da war sie
an die falsche Adresse geraten, Alewtina mochte solche
trostlosen Gespräche nicht.

Abends heizte sie mit Tannenzapfen den Samowar, und die
Vermieterin versorgte sie lachend und auf den Tee pustend
mit Klatsch (einen Moskauer Karamellbonbon in der Backe):

»Ich habe einen unverheirateten Feriengast. Geiiiizig!«

»O.«

»Ja. Ein unverheirateter lediger Lehrer. Fünfunddreißig
Jahre.«

»U!« (Lachen).

»Gibt keine müde Kopeke aus, morgens den Sack auf den
Rücken und los geht's, und abends, wenn er heimkommt,
wäscht er sich überm Eimer und ab ins Bett.«

»Na!«

»Möchte wissen, was er isst? Auf der Veranda kein einziger Krümel.«

»Fährt vielleicht zur Kantine?«

»Nein. Glaube ich nicht. Zur Kantine kannst du nicht fahren, der Bus ist immer gerammelt voll ... und fährt meistens
bei uns vorbei, hält erst gar nicht.«

»Kommt vor, stimmt.«

»Wo treibt er sich also rum?«

Die Moskauerin kicherte fragend.

Sie war gerade erst angekommen, hatte gerade erst ausgemistet, alles eingerichtet, frisch überzogen.

Diese Probleme lösen wir morgen.

»Wirst du Johannisbeeren ernten?«

»Sind sie süß?«

»Heuer sind sie süß«, sang die Vermieterin besorgt, »es hat kaum geregnet. Ich hab sie gegossen.«

»Sind sie groß?«

»Der Verkäufer lobt, der Käufer mäkelt«, konterte die Vermieterin gereizt.

»Wo hab ich denn gemäkelt?«, lachte Tante Alewtina.

Die Wirtin vermutete bei ihr in Moskau große Reichtümer (die Kinder haben's erzählt) und prahlte nun ihrerseits, wobei die Prahlerei schnell und unaufhaltsam in bittere Klagen überging – zwei tolle Dreizimmerwohnungen hat sie den Töchtern vererbt, die bekam sie, als ihr Haus in der Stadt abgerissen wurde. Nun sitzt sie im Winter einsam da. Und die Ältere sei mit einem Milizhauptmann verheiratet, die andere habe sogar einen Feuerwehrmann, der in einer Fabrik das Feuer löscht, der schläft alle Tage auf Arbeit und die restlichen Tage zu Hause.

»Den kannst du lange bitten, das Dach zu decken, der guckt seine Fernsehserien, und davon reißt du ihn nicht los. Ich muss Leute anstellen. Und die Kinder schicken sie im Sommer zu mir! Dreimal am Tag heißt's: Oma, Hunger! Immer ich, immer ich (usw.).«

Das übliche Gerede von Vermieterinnen, Heldinnen der Arbeit und Heldinnen ungeschriebener Komödien. Selbstlob in Form von gerechtem Zorn.

Währenddessen öffnete der Sommergast, ein Schatten in

staubiger Tarnuniform mit einem Buckel auf dem Rücken, lautlos die Gartenpforte (Der Hund Tischka fing an zu bellen), schlich auf dem Weg zum Haus und husch! ab in die Veranda, dort wuselte er herum. Kam mit Eimern raus, brummte eine Art Gruß und ging Wasser holen. Kam zurück, wusch sich mit dem Waschkrug bis zum Gürtel.

Ein friedliches Bild.

Zwei Penelopes pusten auf den Tee und blicken auf den von der Wanderschaft zurückgekehrten Mann. Der sich das Wasser allein über den Rücken gießt.

»Alexejitsch«, ruft die Vermieterin herrisch, aber nicht ohne Achtung, »unheimlich viel Falläpfel sind runtergefallen, meine Knochen tun mir zu weh, ich kann sie nicht auflesen, kannst dir einen Haufen schichten.«

»Wie?«, schnaubt wie ein Pferd im Hafer der Feriengast.

Die Vermieterin winkt ab und teilt Tante Alewtina hörbar mit:

»Scheußlich ist er, Walentina.« Sie bekommt wohl das Wort kontaktscheu nicht raus. Auch »Alewtina« kann sie nicht aussprechen.

Der neue Odysseus verzieht sich auf seine Veranda.

Tante Alewtina aber lacht zufrieden. Was gar nicht zur Situation passt. Ihr Lachen ist tief, ohrenbetäubend. Und fliegt in Richtung Veranda.

Aber dort ist es still, dunkel. Kein Mux.

»Schön ist der Dnepr bei ruhigem Wetter«, stößt Tante Alewtina aus heiterem Himmel heraus und bricht wieder in ihr vernichtendes Lachen aus.

Als wolle sie auf den Beruf des Lehrers anspielen.

Die Vermieterin indes lässt sich von ihrem Geplapper nicht abhalten:

»Fünfunddreißig ist er, und ohne.«

»Ohne in welchem Sinn?«

»Was bummelt der rum. Das gute Stück verkommt. Wenn man als Single lebt.«

»Was für ein Stück?«, kichert die Moskauer Panik-Tante, die selbst schon lange angestrengt über dieses Thema nachdenkt.

Tante Alewtina hatte viele, viele Mädchen und Frauen im Sinn, die sich im überbevölkerten Moskau nach einem Mann verzehrten. Nicht für sie war die Stadt überbevölkert, nicht für die Mädchen. Für sie war Moskau im Gegenteil eine menschenleere Wüste mit Wölfen. Morgens zur Arbeit, abends von der Arbeit nach Hause und dann die Angst, dass man am Wochenende allein zu Besuch gehen muss, oder mit der Freundin einkaufen, trostlos.

Und der saß hier rum, gesund. Hatte alles dran, nicht schief noch lahm, kein Stotterer, kein Psychopath, hoffen wir.

Wie pfiffig er geantwortet hat: »Wie bitte?«, um nicht antworten zu müssen. Und hat so das leidige Gespräch abgeschmettert.

Falläpfel gab's genug ringsum unter den herrenlosen Bäumen. Verwilderte Gärten mit Himbeeren, winzigen Johannisbeeren, Pflaumen, wilden Birnen zuhauf, die standen genauso unnütz in der Gegend rum wie die Apfelbäume!

»Ob er vielleicht einfach den Schwanz einzieht?«, fragt Alewtina nachdenklich.

»Weiß der Teufel«, gähnt die Vermieterin müde.

»Geh nur, ich wasch die Tassen nachher ab.«

»Das mach ich, Walentina. Ich gehe. Die Kinder kommen spät von draußen rein. Ich habe eine Sonnenallergie, ich stehe um vier in der Früh auf, ich muss ständig pullern«, erklärt die geplagte Frau und trottet zu ihrem Eimer. Aus dem halbgeöffneten Fenster ist der ferne Strahl zu hören, wie in einen Melkeimer.

Das nennt sich »Tee trinken«. Normalerweise hob die Vermieterin einfach den Rock unterm Baum, weil sie meinte, das sei nützlich für den Garten, aber wenn hier abends der Hof voller Sommergäste war ...

Die Sterne bissen sich dicht an dicht durch das Himmelszelt, leuchteten auf wie Schicksalszeichen, malten ein Zukunftsbild.

Tante Alewtina schaute zur untergehenden Sonne hin und seufzte.

Nina, die passt zu ihm, die ist ebenfalls menschenscheu, Pharmazeutin in einer Apotheke, ihre Mutter ist kürzlich gestorben, Nina. Sie ist siebenundreißig. Eine Einzimmerwohnung am Rande von Moskau. Wie sie da zu zweit leben konnten? Die Mutter hat die wenigen Freier hinausgeekelt. Wo hätte man sie auch hinstecken sollen? Die stille Nina, wässrige Augen, groß wie ein Hüne, schweigsam (die Mixturen rührt sie sicher ebenfalls schweigend an).

Ihre Mutter war eine entfernte Verwandte von Alewtinas früherem Mann. Verwandte gibt's wie Sand am Meer. Eine richtige Forsyte Saga, ich schwör's. Alle drängten in die Hauptstadt rein, heirateten, brachten ihre Töchter unter die Haube. Bräute, Bräute. Hochzeiten, Kränkungen.

Nina! Wunderbar, dachte Tante Alewtina. Genauso hatte bestimmt auch die antike Göttin Parze gedacht, wenn sie die Schicksalsfäden knüpfte – mal hier, mal da, und dann verknotete sie sie mit den zukünftigen Kindern.

Der dünne Schicksalsfaden, an dem die glotzäugige und hünenhafte Nina hing, bebte plötzlich, vibrierte und wurde von einem goldenen Strahl erleuchtet, der aus einem kleinen schwachen Scheinwerfer zu kommen schien, der die trostlose Finsternis abtastete.

Der andere Schicksalsfaden allerdings hing noch wie ein fauler Strick zwischen Boot und Steg am Ufer.

Aber der Strahl schwenkte hin und her, durchdrang die Finsternis, das Wasser schlug Wellen, das Boot schaukelte wild, platschte nach links und nach rechts, riss sich vom Steg los – und schon spannte sich der Strick und fing zu singen an. Der Strahl des Scheinwerfers erwischte ihn und tauchte dieses nasse unansehliche Tau in blendendes Gold. Es erstrahlte, bauschte sich auf, zeigte jede seiner kleinen Fasern, wie auf einem guten Kunstfoto in einer Glanzzeitschrift.

Tante Alewtina hielt den Atem an und wartete.

Das zukünftige Kind hielt ebenfalls den Atem an, dort, in der leuchtenden Ferne.

Still war es auf dem Hof und in der Welt, die vollen Johannisbeerbüsche streckten ihre Zweige aus, die alten Apfelbäume standen wie eine Wand. Süß dufteten der abendliche Flox und die Tabakstauden.

Da huscht A. A.'s Schatten wie ein Blitz durch die Finsternis in Richtung Abort. Kein Quietschen, kein Tapsen zu hören. Die Hose raschelt nicht beim Laufen. Der kann aber lautlos vorbeiwehen!

Das gefällt der alten Alewtina.

Sie wartet geduldig und reagiert auf die Rückkehr des diffusen Schattens aus der Hölle des Plumpsklos mit dem Schrei:

»Gute Nacht!«

(Es klingt übrigens wie »Hände hoch!«)

»Nacht«, antwortet verwirrt der Schatten und erstarrt für eine Sekunde.

»Was machen Sie für Geschichten?«, fragt Alewtina trocken.

»Entschuldigung?«

»Ich hab's gewusst. Jetzt guckt euch diesen Unschuldsengel an! Und was machen wir jetzt?«, fragt Tante Alewtina.

»Und bitten Sie mich nicht um Entschuldigung, ich ent-
schuldige nichts. Kommen Sie mir nicht mit diesem ›Entschuldigung‹.«

Er war schon wieder drauf und dran, sein Rettungswort
zu stammeln, mit dem er alle Weiberfragen abschmetterte.

A. A. erstarrt mit angehobenem Bein, er hält inne wie ein
Hahn, der erschrocken den Kopf reckt und die Klaue gehoben hat, aber noch nicht auftritt.

»Wieviel müssen Sie der Vermieterin zahlen?«, fragt
Alewtina streng, sogar unfreundlich.

An der Silhouette ist zu erkennen, dass der Hahn stutzt –
offenbar denkt A. A., die Tante habe sich geirrt, verwechsle
ihn mit jemandem.

»Wer?«, stammelt dieses geschlechtsreife Männchen und
schon sitzt er in der Falle, denn eigentlich hätte er auf seine
Veranda huschen, den Türhaken vorlegen und wie ein ge-
ölter Blitz ins Bett fallen müssen, wie ein Blitz! Und Decke
übern Kopf!

Er ist jedoch wie ein Idiot stehen geblieben und hat
»Wer?« gefragt.

Möglicherweise ist sein Gewissen nicht rein, vielleicht
hat er in seiner Heimatstadt was ausgefressen und befürch-
tet nun, verfolgt zu werden?

Wie der Kerl erschrocken ist, wie er erschrocken ist!

Leise sagt Alewtina:

»Ich schrei nicht durchs ganze Dorf.«

Der Hahn überlegt, streckt die Klaue in der Tarnhose vor
und stellt sie polternd vor sich hin. Er macht also den ersten Schritt auf sein Schicksal zu. Dann hebt er den zweiten
sehnigen Fuß und führt ihn über den Boden in der Absicht,
den nächsten Schritt zu machen. Das Herz des Hahns klopft
laut.

Aber er tut den Schritt ohne zu zögern, und er tut ihn

nach vorn, klappert mit der Rüstung, rasselt mit den Ohrringen und schaukelt mit dem roten Lappen. Seine Augen in den trocknen orangenen Rändern glänzen wie Knöpfe. Der Kamm füllt sich mit rotem Moosbeersaft und hängt schwer herab. Wie im Bilderbuch!

»In den Suppentopf, man ruft mich in den Suppentopf«, hämmert es im Kopf des Hahns, die vom vielen Laufen schwielig und wund gewordenen Füße bewegen sich in den Gelenken wie die Pleuelstange einer Lokomotive und vollführen mehrere Umdrehungen. A. A. nähert sich dem Holztisch mit dem Samowar, an dem die schwere, alte Alewtina mit ihrem Irokesenschnitt sitzt, den sie sich praktischerweise für die Gartenarbeit im Sommer zugelegt hat.

In der Dämmerung sind ihre weiblichen Merkmale nur verschwommen zu sehen, die zwei Säcke auf der Vorderseite – Brust und Bauch – fließen mit den runden Schultern zu einem monumentalen Ganzen zusammen. Alewtina sieht aus wie ein römischer Imperator mit einem Federbüschel auf dem Kopf. Der harte, schmale Mund und die lange Nase stechen im Halbdunkel immer deutlicher hervor. Tante Alewtina führt sich wie die Chefin auf.

»Na, was können Sie zu Ihrer Rechtfertigung sagen?«

Der Hahn krächzt und stößt unerwartet gehorsam einen Kikeriki-Schrei aus – er müsse nichts bezahlen, Strom verbrauche er gar nicht, die Eimer gehörten ihm, nur das Problem mit dem Wasser aus dem Brunnen müsse geklärt werden. Obwohl die Vermieterin behaupte, dass alle im Dorf für die Bohrung zusammengelegt hätten, sie persönlich habe damals 350 Rubel beigesteuert! Aber nur für sich selbst, nicht für ihre Untermieter, angeblich werde ihr gedroht, mit welchem Recht sei im trocknen Sommer, so frage man sie, mit welchem Recht sei der Brunnen am Abend leer? Aber ich nehme ja kein Wasser zum Gießen, sagt der

Hahn, sondern nur 20 Liter am Tag, wo die anderen 200 nehmen!

»Das werden wir klären«, entgegnet Tante Alewtina. »Dieses Problem ist zu lösen. Mischen Sie sich nicht ein. Wie darf ich Sie nennen?«

»Wie meinen?«, presst A. A. seinen Fertigsatz heraus. Er hat davon mehrere Varianten. In der Schule hat er die Erfahrung gemacht, dass es besser sei, nicht gleich zu antworten. Auf Fragen überhaupt nicht zu antworten.

»Andrej?«

»Vielleicht.«

»Andrej Alexejewitsch, trinkst du Wasser-Tee ohne Zucker? Ich kippe das heiße Wasser sowieso weg.«

»Nein − danke«, antwortet der Hahn kämpferisch. »Ich heiße Andrej Alexandrowitsch.«

So fing dieser verrückte, unglaubliche Brei zu kochen an, in dem A. A. nun feststeckte − der umsichtige, vorsichtige, abgehärtete, kämpferische und erbitterte Hahn, der immer wieder unaufhaltsam in den Suppentopf gerät.

Diese Geschichte trug sich in der goldenen Zeit zu, mitten im Hochsommer, Ende Juli − Anfang August. Als die Früchte reif waren und herabfielen.

Im August fuhr Tante Alewtina zurück nach Moskau. Sie hatte einen Kleinbus gemietet und saß nun zwischen Einweckgläsern, Säcken und Plastiktüten vorn. All diese Sachen hatte ihr A. A. in den Bus geschleppt, während der Fahrer aus dem Dorf mürrisch vom Vorderrad aus zusah und nicht half, da das Tragen von Lasten nicht abgesprochen war (Für die Männer dieses Dorfes war Saufen der Beruf, sie ließen sich von keinem der Sommergäste zum Arbeiten anstellen, sie hatten Angst, zu wenig Geld zu verlangen im Vergleich zu den Moskauer Preisen, über die die erstaunlichsten und aufsehenerregendsten Gerüchte umgingen. Die Männer saßen auf diesen Gerüchten wie die Ritter auf Goldsäcken, im Bewusstsein ihrer Macht, und sie rührten triumphierend keinen Finger.).

Die Vermieterin stand am Fenster und beobachtete die Evakuierung. Sie rührte sich ebenfalls nicht. Sollen sie doch ihr Zeug allein schleppen.

Dann geriet sie plötzlich in Bewegung – der Lehrer holte zwei Rucksäcke und zwei große Taschen von seiner Veranda, schleppte sie ebenfalls zum Bus, sagte »Danke – auf Wiedersehn« (die Vermieterin zuckte zur Antwort nur mit den Wimpern) und setzte sich, ohne die Terassentür abzuschließen, wie es sich gehört, ebenfalls in den Kleinbus, zu den Säcken.

Eigentlich hatte die Vermieterin von genau solch einem Schwiegersohn für ihre Tochter geträumt und nicht von diesem Feuerwehrmann.

Alewtina indes, die auf dem Vordersitz mit dem Gesicht zu A. A. saß, eingeengt in diesem Kleinbus, Alewtina dachte an genau das Gleiche: So einen Mann hätte sie gern für die eigene Tochter haben wollen, wenn eine vorhanden gewesen wäre, stattdessen aber hatte sie einen Trinker als Sohn und die Pest von einer Schwiegertochter, das Enkelchen allerdings war Alewtinas eigentlicher geliebter Sohn, zur Zeit machte er jedoch eine schwere Pubertätskrise durch (14 Jahre), war widerborstig, im Stimmbruch und krächzte, rauchte, seine Augen blickten wild in verschiedene Richtungen, seine Pickel waren ihm peinlich und er sprach nicht einmal am Telefon mit seiner Oma, sondern schnaufte nur. Nicht einmal »Guten Tag« konnte er sagen. Nur »Hallo«. Er war es, für den Alewtina die Konfitüre und alles andere einweckte. Der Enkel liebte Großmutters Essen. Dafür musste sie auch die Schwiegertochter mit ernähren, der eigene Sohn aß, ganz im Gegenteil, nichts, vom Kuchen knabberte er nur die Kruste ab, dafür war er aber ganz wild auf den selbstgemachten Fruchtlikör. Dafür aß die Schwiegertochter um so mehr und lobte alles, mahlte mit ihren Mühlsteinen, gleich wird sie platzen, unsere Schwiegertochter, sie erschlagen wäre zu wenig. Sie raucht, säuft wie ein Bierkutscher und klaut. Wir kriegen später sowieso alles, warum sollen wir warten, bis Sie tot sind! Ein silbernes Löffelchen hat sie mitgehen lassen, kein anderer hat's getan. Und die Dokumente hat sie durchwühlt, das ist so sicher wie das Amen in der Kirche. Hat so eine Anspielung gemacht »wir müssen mit Ihnen über die Zukunft reden«. Das werden wir noch sehen.

So fuhr A. A. mit Einweckgläsern, Säcken und Plastiktüten am Ende eines goldenen Tages in die wegen der Augustferien stille Hauptstadt ein, an einem menschenleeren Sonntag.

Der Bus rollte über die breiten schönen Straßen des Schlaf-Vororts Poduschkino, fuhr dann in den Hof, der ebenfalls schön war wie ein Park, und Alewtinas Reichtümer wurden mit Hilfe eines Fahrstuhls hoch in ihre schöne Zweizimmerwohnung befördert, in der es eine lange Schrankwand gab, einen Diwan, mit einem Teppich bedeckt, einen Kristallleuchter und alles, was das Herz begehrt.

Etwas später, nachts, fuhr A. A. mit dem Zug zurück in sein Provinzstädtchen und träumte.

Er träumte von einer geräumigen eigenen Wohnung in genau so einem Wohngebiet, träumte von einer guten Frau, die wie eine bestimmte Filmschauspielerin aussah, von einem Sohn, einem stillen gelehrigen Kind, in dessen Gehirn man die gesamte Summe der väterlichen Gedanken eingravieren konnte. Er träumte davon, dass er nicht mehr zur Arbeit gehen müsste in diese Schule, in der die Kinder sogar im Unterricht Berge von Sonnenblumenkernen knackten und Kopfhörer auf den Ohren hatten.

(Das geschah auch, aber erst viele Jahre später).

Nina lernte er auf Alewtinas Geburtstagsfeier kennen.

Offenbar hatte sich die Panik-Tante zu diesem Zeitpunkt endgültig mit der Schwiegertochter verzankt, denn sie hatte niemanden von der Familie zum Geburtstag eingeladen.

A. A. hatte Hin- und Rückfahrkarten gekauft. Vom Geld, das ihm Alewtina geschickt hatte. Er konnte auf der Arbeit drei Tage rausschinden, hatte mit Kollegen getauscht und gesagt, seine Tante sei krank geworden.

Nina beeindruckte A. A. durch nichts.

Eine unansehnliche, nicht mehr ganz junge Frau, die Augen wässrig, groß, sie selbst hünenhaft, schweigsam und schüchtern. Sie kniff die Augen zusammen, riss sie aber auch manchmal weit auf.

Allerdings sagte A. A.'s Mutter zu ihm ebenfalls oft: »Was reißt du die Augen so auf?«

Deshalb hatte er schon früh gelernt, die Augen zusammenzukneifen und verstand Nina wie kein anderer. Er konnte in sie hineinsehen. Musste sogar lachen.

Mit einem Wort, Nina gefiel ihm überhaupt nicht, allerdings konnte er nach der Art, wie Alewtina sich zu Nina verhielt, mit welcher Hochachung, sich eine Meinung über Nina als Mensch und als Spezialistin zusammenbasteln (Ganz am Anfang der Geburtstagsfeier kramte Alewtina irgendwelche uralten Rezepte aus der Tasche und gab sie Nina. Nina nahm sie unwillig und gleichgültig entgegen, wie ein richtiger Profi eben.).

Das beeindruckte A. A.

Das nächste Mal trafen sie sich im Krankenhaus, in dem Alewtina einen Monat später starb. Die ganze Zeit pflegte

Nina sie, brachte ihr Säfte, Boullion und Buletten. Das erfuhr A.A. später, als er Nina heiratete.

A.A. kam auf eigene Rechnung an einem Sonntag, das war für ihn, der kein Geld hatte, eine Großtat. Er sah seine teure Alewtina, sie redete feierlich mit ihm, wenn auch mit großer Mühe, und gab ihm Geld, ziemlich viel, mit den Worten »kauf dir die Bücher, die du magst«. Mannhaft fügte sie *nicht* hinzu: »Damit du an mich denkst.« A.A. weinte nicht, saß aber in diesem Moment wohl mit aufgerissenen Augen da, denn Nina schaute ihn mit unaussprechlicher Güte und Anteilnahme an. A.A. kniff sofort die Augen zusammen.

Nina schickte ihm auch das letzte Telegramm, er fuhr direkt vom Bahnhof zur Leichenhalle, der Zug, der verflixte, hatte Verspätung, und A.A. raste mit der Metro hin. Den Weg kannte er, er war ja schon mal im Krankenhaus gewesen. Gott sei Dank hatte er einen hervorragenden Orientierungssinn. Er verließ aber durch den falschen Ausgang die Metrostation. Fand sich nicht zurecht. Erkundigte sich atemlos bei den Moskauern nach dem Weg.

Eine Frau mit Hund erklärte ihm auf einem menschenleeren Platz (er hatte sich dann doch verlaufen) mitleidig und detailliert den Weg zur Leichenhalle. Offenbar kannte sie ihn nicht nur vom Hörensagen, hatte diese Adresse selbst erlitten.

Es war ein schrecklicher Ort, ein trostloser.

Er fand das Krankenhaus, fand die Leichenhalle, fremde Leute standen in Grüppchen umher, er fragte, wo die und die aufgebahrt sei, man erklärte es ihm mit brennender Neugier. Er fand Nina, stellte sich zu ihr, nickte. Sie nickte zurück. Alle blickten ihn unverhohlen an, guckten sich die Augen nach ihm aus.

Die ganze Zeit stand er neben ihr. Dann bat man ihn, beim Sargtragen zu helfen. Sie fuhren mit dem (Leichen-)

Bus zum Krematorium, wieder war er einer der vier Männer, die den Sarg trugen. Er gehörte sozusagen dazu.

Er hielt neben Nina bis zum Ende durch. Sie weinte nicht, sie zitterte nur.

Alewtina Nikolajewna hatte ein sehr junges und ruhiges Gesicht, sie war stark abgemagert. Dann wurde sie mit einem Deckel verschlossen, mit Nägeln zugehauen.

Aus dem Krematorium fuhr man mit demselben Bus zurück in die Stadt. Irgendwo wurden sie rausgesetzt. Eine kleine lärmende Meute von müden Verwandten fand sich auf dem Bürgersteig wieder. Einer, der schon betrunken war, sagte: »Wir wollen aller Verwandten und Freunde gedenken« (schaute A. A. aber nicht an. Sie mieden ihn. Wie alle ihn mieden. Überall und zu jeder Zeit.)

»Und wer ist das?«, rief plötzlich eine Frau, die ebenfalls betrunken war.

»Es gibt Leute, die wollen nur saufen und kommen deshalb«, entgegnete eine Oma.

Alewtinas dicker Sohn Viktor ließ seine magere Frau Marina stehen und trat zu Nina.

»Wie geht's, wie steht's? Immer noch nicht verheiratet? – (Das Gespräch wollte nicht in Gang kommen) – Immer noch allein? – (Lachen). Komm mit zu uns, kriegst was zu essen. Trinkst was mit uns. Kannst an allen Feiertagen kommen. Bleibst sonst allein wie ein Hund. Hast du Kontakt zu deinen Schwestern?«

Nina entgegnete:

»Danke für die guten Worte.«

»Und wer ist das?« (Er deutete ungeniert auf A. A., als stünde der weit weg und höre nichts.)

»Das ist ein Freund von Tante Alewtina und mir«, sagte Nina nach kurzem Schweigen.

»Alles klar«, antwortete Viktor viel zu fröhlich für einen solchen Augenblick und fügte wie nebenbei hinzu:

»Die Wohnung deiner Mutter lass auf meinen Namen eintragen. Du bist alleinstehend, nicht mehr die Jüngste ... Weißt du, es gibt allerhand Gesindel von außerhalb. Die wollen nur ne Wohnung in Moskau. Die bringen dich um.«

»Wirklich?«, fragte Nina verwundert. »Ich habe doch meine Schwestern.«

»Der Ehemann erbt! Er ermordet dich und erbt die Wohnung!«

Hier blickte Viktor zu seiner mageren Marina, die ihn betrunken und ausdrucksvoll ansah wie einen Idioten.

Plötzlich mischte sich A. A. ein (im Tonfall eines Lehrers):

»Nina, wir kommen zu spät.«

Nina schaute sich zu ihm um, ließ den Kopf hängen, machte, bildhaft ausgedrückt, eine Kehrtwendung und ging.

Viktor blieb mit den Worten »und der Totenschmaus?« stehen.

A. A., was blieb ihm übrig, rannte Nina hinterher. Er musste sie ja nach dem Weg zur Metro fragen. Denn sie ging ganz bestimmt zur Station.

Er wollte mit dem Nachtzug nach Hause in sein Provinznest fahren.

A. A. ging also Nina heimlich nach – irgendwie würde sie ihn schon irgendwohin bringen. Sie direkt zu fragen, traute er sich nicht.

Die hünenhafte Figur seiner zukünftigen Frau bewegte sich mechanisch vorwärts. Wie sie mit gesenktem Kopf ging, konnte man sie sich durchaus als eine Statue der Trauer und Kränkung vorstellen, die zum Leben erwacht war.

In dieser nicht mehr ganz jungen Frau konnte man sogar übermenschliche Größe ahnen.

Erlittene Kränkung macht Menschen manchmal stark.

So geschah es auch jetzt: Vor A. A. fuhr ein kleiner Laster auf den Bürgersteig und verdeckte ihm die Sicht auf Nina. Der Laster wurde entladen.

A. A. wollte schnell um das Hindernis herumlaufen, aber die anderen Passanten wollten das ebenfalls, Moskauer, die es eilig hatten, das verbissene Volk strebte wie ein Mann vorwärts, keiner ließ ihn vorbei.

Als er auf der anderen Seite des Hindernisses anlangte, war Nina nicht mehr da.

Er hatte weder Adresse noch Nachnamen. Und Alewtina war weg, in der Versenkung verschwunden, in die Grube gefahren.

Sie hatte ihm so viel von Nina erzählt, von ihrem Leben und dass sie eine Heilige sei. Dass sie nie ein Wort gegen ihre Mutter erhob. Die beiden anderen Töchter hätten die Mutter im Stich gelassen, sich mit ihr verstritten, Nina aber hätte bis zu ihrem Tod bei ihr gesessen. Und nichts vom Leben gehabt … Kein Kino, keine Freunde. Hätte sich aufgeopfert.

A. A. hatte bei diesen Reden im Innern weise gelächelt. Heiratsvermittlung wie auf der Bühne!

Er begriff, warum Alewtina ihn nach Moskau geholt hatte, zu sich ins Krankenhaus. Deshalb hatte sie ihn geholt.

Er fragte einen Passanten nach dem Weg zur Metro. Sein Herz zog sich zusammen. Er empfand im ganzen Körper Leere. Als hätte man etwas aus ihm herausgenommen. Irgendeine Füllung. Früher hatte er sich gegen Nina gewehrt, jetzt gab es keinen mehr, den er verschmähen konnte. Er war ohne Lebenssinn zurückgeblieben.

Bis zur Abfahrt des Zuges blieben noch zehn Stunden.

Hungrig, fröstelnd, mit ungeweinten Tränen, lief er im eisigen Wind.

Er war allein geblieben.

Vor der Metrostation blieb er stehen und schaute sich um.

Ging zurück, rannte hin und her.

Kam zurück zum Kiosk, vor dem immer noch der Laster stand und entladen wurde.

Minuten verstrichen, das ganze Leben verstrich.

Er musste zur Metro zurück.

Und da erblickte er Nina! Sie kam auf ihn zugerannt und weinte! Sie sah ihn mit ihren riesigen Augen an!

Wie sie aufeinander zustrebten!

Fast hätte er sie geküsst, wie nach einer langen Trennung. Er henkelte sich aber sofort bei ihr ein und sagte: »Wo treibst du dich rum, das geht doch nicht, beruhige dich«, und er nahm ihr die Tasche aus der gefühllosen Hand, so wie es alle Ehemänner tun.

EIN DÜSTERES SCHICKSAL

Hört, was sie für eine war: eine unverheiratete Frau von dreißig Jahren und ein paar Zerquetschten, die ihre Mutter überredete, ja anflehte, über Nacht irgendwohin zu fahren, die Mutter fügte sich komischerweise und verschwand, die junge Frau brachte, wie es so schön heißt, einen Kerl mit in die Einzimmerwohnung, die sie mit ihrer Mutter teilte. Er war schon alt, kahl, dick, sein Verhältnis zu Ehefrau und Mutter war recht verwickelt, mal wohnte er bei der einen, mal bei der anderen, mal hier mal da, hatte ständig was zu meckern und war unzufrieden mit seiner Stellung auf der Arbeit, obwohl, manchmal tönte er, er werde bestimmt noch Chef im Labor. Was glaubst du, werde ich noch Chef im Labor? So fragte er, der naive Junge von 42 Jahren, der am Ende war, niedergedrückt von der Familie, von der heranwachsenden Tochter, die über Nacht ein richtiges Weib von vierzehn Jahren geworden und mit sich selbst sehr zufrieden war, wo doch die Mädchen im Hof sie wegen eines Jungen verdreschen wollten. Er ging sein Abenteuer sehr sachlich an, sie hielten unterwegs und kauften eine Torte, auf Arbeit war er berühmt für seine Gier auf Kuchen, Wein, Essen und gute Zigaretten, auf allen Banketten fraß er und fraß, doch daran war sein Diabetes schuld und sein ständiger Jieper auf Essen und Trinken, all das vermasselte ihm die Karriere. Auch das unangenehme Äußere. Die nicht zugeknöpfte Jacke, der offene Kragen, die weiße unbehaarte

Brust. Die Schuppen auf den Schultern, die Glatze. Die Brille mit den dicken Gläsern. Solch einen Prachtkerl brachte die Frau mit nach Hause, sie hatte sich endgültig entschlossen, ihrer Einsamkeit ein Ende zu bereiten, aber nicht etwa mit Vernunft, sondern mit dunkler Verzweiflung im Herzen, die wie große Liebe aussah, das heißt, sie erklärte ihrem Lover in Form von Ansprüchen und Vorwürfen ihre Liebe und forderte ihn auf, ihr endlich seine Zuneigung zu gestehen, worauf er entgegnete: »Ja, ja, ich bin einverstanden.« Alles in allem war nichts Gutes daran, wie sie ihre Affäre begannen, wie sie zu Hause ankamen, wie sie zitterte, als sie den Schlüssel im Schloss umdrehte, wegen der Mutter zitterte sie, aber die Luft war Gott sei Dank rein. Sie stellten den Teekessel auf, entkorkten die Weinflasche, schnitten die Torte an, aßen jeder zwei Stück, tranken Wein. Er räkelte sich im Sessel und betrachtete die Torte, ob er nicht wohl noch ein Stück essen sollte, aber sein Bauch war voll. Er schaute auf die Torte und schaute, und pflückte schließlich mit den Fingern eine grüne Rose aus der Mitte, führte sie wohlbehalten zum Mund, verschlang sie, leckte sich die Pfoten wie ein Hund.

Dann schaute er auf die Uhr, machte sie ab, legte sie auf den Stuhl, entblößte sich bis zur Unterwäsche. Die war sehr weiß – ein reines und gepflegtes dickes Kind –, er saß in Unterhemd und Schlüpfer auf dem Bettrand, zog die Socken aus, rieb mit den Socken die Fußsohlen ab. Nahm schließlich die Brille von der Nase. Legte sich auf das reine, weiße Bett neben die Frau, tat das Seine, dann unterhielten sie sich ein bisschen, und er begann sich zu verabschieden, fragte erneut: Was glaubst du, werde ich Laborchef? Auf der Schwelle – er war bereits angezogen – kam er ins Schwatzen, kehrte zurück, setzte sich vor die Torte und aß noch ein großes Stück gleich vom Messer.

Sie stand nicht auf, um ihn hinauszubringen, was er nicht einmal zu bemerken schien, er gab ihr freundlich und gutmütig einen Schmatz auf die Stirn, schnappte seine Aktentasche, zählte Geld für die Fahrkarte ab, seufzte, bat sie um Kleingeld, erhielt keine Antwort und ging mit seinem dicken Bauch, seinem kindlichen Verstand und dem Geruch nach reinem, gepflegtem fremdem Körper davon, ihm kam es nicht einmal im Traum in den Sinn, dass das Haus ihm fortan versperrt sein würde, dass er alles verspielt, verpfuscht hatte, dass es für ihn hier nichts mehr zu holen gab. Er kapierte nichts, rumste mit seinen Dreirubelscheinen und einem frisch gebügelten Taschentuch im Fahrstuhl nach unten.

Zum Glück arbeiteten sie nicht zusammen, sondern in verschiedenen Abteilungen, am nächsten Tag ging sie nicht in die gemeinsame Kantine, sondern blieb die ganze Mittagspause an ihrem Schreibtisch hocken. Am Abend stand das Wiedersehen mit der Mutter bevor, das andere, das richtige Leben würde wieder beginnen, zu ihrer eigenen Überraschung fragte sie plötzlich ihre Kollegin: »Na, hast du schon einen Lover gefunden?« – »Nein«, entgegnete die Kollegin befangen, denn ihr Mann hatte sie unlängst verlassen und sie ertrug ihre Schande in Einsamkeit, lud keine ihrer Freundinnen in die verwaiste Wohnung ein und gab keinerlei Auskünfte. »Nein, und du?«, fragte die Kollegin zurück. »Ich ja«, entgegnete unsere Frau mit Glückstränen in den Augen und begriff plötzlich, dass sie in der Falle saß, für immer und ewig, dass sie von nun an zittern, die Hände ringen, am Telefon hängen würde und nicht wüsste, wo anrufen, bei seiner Ehefrau oder seiner Mutter oder auf Arbeit: ihr Lover hatte einen unregelmäßigen Arbeitstag, es konnte durchaus passieren, dass er weder hier noch dort zu erreichen war. Das war es, was sie in Zukunft erwartete, und außerdem erwartete sie die Schande einer Frau, die immer wieder ergebnislos anrufen würde, immer mit der gleichen Stimme, und die sich in den Reigen derer ein- reihen würde, die vor ihr diesen stets entschlüpfenden Menschen umsonst angerufen hatten, der wahrscheinlich das Liebesobjekt vieler Frauen war und der vor allen davon lief und bestimmt auch allen in der gleichen Situation die gleiche Frage stellte: ob er wohl Chef im Labor werde?

In seinem Fall war alles offensichtlich, der Lover war leicht zu durchschauen, dumm und grob, auf sie aber war- tete ein düsteres Schicksal, und doch standen Glückstränen in ihren Augen.

BERGAB

Erstaunlich ist der Einfluss des Gruppenlebens auf einen Menschen, der weit weg vom realen, alltäglichen Leben, von zu Hause und von der Familie ist. Die Last des Alltags verschwindet gemeinsam mit dem Problem, woher Geld nehmen: Alles ist bezahlt, du bist untergebracht, für eine begrenzte Zeit, hier am Ort – für eine Woche oder für den ganzen Urlaub usw.

Hier lauert auf den Menschen die Illusion, dass es immer so sein könnte – vom Frühstückstisch zum Mittagessen, vom Abendessen in die Nacht, es gibt nur eine einzige Sorge – immer besser auszusehen. Und es dauert nicht lange und einer erscheint, der dich schön findet, der entzückt von dir ist, und von da ist es nicht weit zum Entzücken über den, der entzückt ist.

Wir haben sie beobachtet – wir, das sind die Leute, die gegenüber dem großen Kurheim wohnten. Wir haben diese Frau beobachtet, die unheimlich vulgär aussah, das stach sofort ins Auge. Sie lachte viel, fuhr zum Beispiel in Gesellschaft der Männer aus ihrem Erholungsheim auf den Markt, um Obst zu kaufen. Oder zu Einheimischen, um hausgemachten Wein im Einweckglas zu holen – das taten wir alle. Sie war die Anführerin ihres Rudels, und so sah sie auch aus: kurz geschnittenes Haar, kleine chemische Kringellocken, billige Dauerwelle, tote Haare nach einer auffrischenden Färbung. Weiter: gezupfte und mit grau-

schwarzer Tusche gefärbte Augenbrauen, die Lippen natürlich angemalt, auch irgendwie billig. Die ganze Schönheit
stammte aus der Apotheke, wie es so schön heißt, für ein
paar Rubel das Döschen. Ein kurzer Rock, die billigsten und
geschmacklosesten Sandalen, die man sich vorstellen kann,
die sich aber den Anschein von modernem Chic gaben. Das
sind Ausdrücke aus dem vergangenen Jahrhundert, treffen
es aber genau: Sie hatte den Wunsch, wie alle zu sein, nicht
schlechter als die anderen, wollte nicht zurückbleiben. Das
arme Weibchen unternahm den Versuch, glücklich zu sein,
sie wollte ein Stück vom echten, für sie eigentlich un-
erreichbaren Kuchen abbekommen, den alle aus den Fern-
seh-Soaps kennen, und genießen.

Also Meer, Sonne, moderne Sandalen, Dauerwelle, Augen-
brauen, schwarze Augen und um sie herum (Achtung!) eine
Gruppe entzückter Männchen, mit ihnen fährt sie auf den
Basar.

Die männliche Seite hatte, wie bei Hundehochzeiten
üblich, unterschiedliches Fell, vier Personen, der eine war
groß, ebenfalls von oben bis unten festlich angezogen, im
grauen Anzug, bei dieser Hitze, das heißt, er hatte seine
besten Sachen an, weiterhin ein Onkelchen aus dem Stamm
der Dickbäuche in einem einfachen T-Shirt, ein junger
Mann, der aus der Reihe tanzte, mit langen Haaren, und
ein ganz Kleiner (unbedingt ein ganz kleiner, der natürlich
hinter allen herhüpfte, mit ausgebeulten Knien). Letzterer
hoffte zweifellos, dass bei dieser Gelegenheit ein Schlück-
chen für ihn abfällt.

Diese Carmen, die allen gehörte, lachte, aber nicht so
grob, wie man meinen könnte, nicht in der Manier eines
betrunkenen fröhlichen Weibchens, das alles, was männ-
lich ist, zu sich ruft, die gesamte Gegend, Lachen ist ihr
Lockruf. Unsere Carmen hingegen lachte kurz und ge-

dämpft, nicht zu auffällig, sie wollte ja keine 20 Männer anlocken, es waren sowieso schon zu viele. Der hochgewachsene Mann im grauen Anzug lief Kopf an Kopf neben ihr, als Erster in dieser Meute, ein seriöses hungriges Männchen in Festtagskluft, mit den härtesten Absichten, was den Rest des Rudels betraf.

Seriosität ist sowieso bedeutsamer und wiegt weit mehr als Zwanglosigkeit und Freiheit, Leichtigkeit und Fröhlichkeit. Seriosität dirigierte auch hier, wie überall, den Ball; der Graue bekam von uns, die wir im Erholungsheim gegenüber wohnten, den Spitznamen Erster Onkel.

Carmen und Erster Onkel tauchten dann auch überall gemeinsam auf, der Rest der Hundehochzeit war verschwunden, wie vom Erdboden verschluckt. Erster Onkel befreite sich schließlich von seinem grauen Anzug und ging in seriösen grauen Shorts, im T-Shirt und mit Schirmmütze spazieren, alles im Ort gekauft – offenbar hatte Carmen ihm die Sachen ausgesucht, sie waren bereits sowas wie ein Knastpärchen (wie die homosexuellen Paare im Gefängnis genannt werden, die einen gemeinsamen Haushalt führen).

Das Knastpärchen Carmen und Erster Onkel gingen nun schon wie selbstverständlich zusammen spazieren, sie lachte nicht mehr, er trug ihre Tasche, zum Essen gingen sie wie zur Arbeit, kamen würdigen Schrittes zum Strand, fuhren mit dem Bus auf den Markt, als hätten sie was Wichtiges zu erledigen, der Bus war immer gerammelt voll, sie standen eng beieinander, in der Menschenmenge aneinandergedrückt, sie schaute von unten (die Kleine trug sogar Stöckelschuhe) zu ihm hoch, reichte mit ihren Augen nur bis zu seiner Nase, in die Augen schaute sie ihm nicht. Das erste Anzeichen für Verliebtheit, Achtung. Er schaute über die Köpfe hinweg, der große Onkel, der sein kleines Weibchen im Gedränge schützte, und es war sonnenklar, dass die beiden sich liebten und von allen anderen getrennt waren; die Meute ihrerseits hatte sie auch schon abgeschrieben, die Meute mag es nicht, wenn zwei sich absondern, sie wendet sich von ihnen ab – sogar im allgemeinen Gewühl schienen sie Verdammte zu sein, Nichtdazugehörende.

Dieses große Unglück war mit ihnen geschehen, jawohl. Trauer leuchtete in ihren Augen, ihnen kamen fast die Tränen.

In der Zeit, über die hier berichtet wird, war Carmen irgendwie still geworden, sanft, sie war von einer goldenen Aura umgeben (daran mochte der Süden Schuld sein, die Bräune). Ihre Haare waren ausgeblichen, kringelten sich nicht mehr so stark, übrig geblieben war eine hellblonde Welle, erstens. Zweitens, die Haut war dunkler geworden, die Augen leuchteten hell. Schlank, schön, nicht schlechter als ein Filmstar, strahlte unsere Carmen vor Liebe, vor Mitgefühl, als ob sie den Kopf verloren hätte, gar sich selbst – Erster Onkel aber hatte sich überhaupt nicht verwandelt, obwohl er ebenfalls braungebrannt war.

Aber Sonnenbräune ändert bei einem Arbeitsgaul nichts, bei einem Kerl, der immer alles auf seinem Buckel schleppt. Im Winter blüht das Arbeitstier auf, im Sommer wird es schwarz, das ist alles.

Allerdings trug auch er bereits den Stempel des Leids, des Abschieds, der Sehnsucht – die Begleiter der Liebe.

Es ist, als ob der Mensch von einem hohen Berg abstürzt, er presst die Lippen zusammen und wird starr, er kneift die Augen zusammen, das Herz rutscht ihm in die Kniekehle, das Bewusstsein konzentriert sich einzig und allein auf den letzten Schlag am Fuße des Berges – es geht nicht darum, am Leben zu bleiben, nein, nicht darum geht es, sondern um das Nahen von etwas weitaus Schrecklicherem, wo der Mensch völlig einsam ist. Neben ihm stürzt seine Liebe ab, sie muss in eine andere Richtung verschwinden, die Wege trennen sich. Es geht nicht um den persönlichen Tod, es geht um ewige Trennung.

Noch drehten sie sich im Tanz, ineinander verschlungen, bei wilder Musik inmitten der anderen Paare, an seinem Ellenbogen hing ihre Tasche, dann lagen sie die letzten Tage am Meer. Nicht dort, wo alle waren, wo die Liegestühle und Sonnenschirme standen – abseits, das Paar ging ins Abseits, wo keine Menschenseele war, und bald lösten sich auch diese beiden im goldenen gleißenden Licht auf, verschwanden: ein neuer Durchgang reiste an.

Sie existierten nicht mehr, am Strand liefen neue langweilige weiße Körper herum, laut schreiend, niemandem gehörend, ganz für sich allein, egoistische fressende Schweinchen, aber unser wundervolles Pärchen war nicht mehr da, unsere Carmen, die goldene Blondine, und ihr getreuer Mann, Erster Onkel, hochgewachsen, muskulös, schwarz – sie waren in die Ewigkeit gesunken, flogen irgendwo in eisiger Höhe in verschiedenen Flugzeugen nach Hause, an ihren Platz, zu ihren Kindern und Ehepartnern, wo Winter war, Schnee und Arbeit.

Carmen allerdings wird zur Post rennen, und Erster Onkel wird sie per Telegramm zu einem Ferngespräch bestellen, und dort, am Telefon, werden ihre Seelen wieder verschmelzen, dort werden sie gemeinsam ihr Schicksal beweinen, über Tausende von Kilometern hinweg. Sie werden genau zehn Minuten weinen und schreien, so viel wie er bestellt und bezahlt hat – genau wie damals im Sommer, als genau 24 Tage bezahlt waren. Sie schreien und weinen, die von der Illusion des Urlaubs Betrogenen, vom ewigen Licht des Paradieses, verführt und verraten.

II. Wie Kinder lieben

VATER UND MUTTER

Wo lebst du, fröhliche, unbeschwerte Tanja, die du keine Zweifel und Unschlüssigkeiten kennst, die du nicht weißt, was nächtliche Ängste sind und der Horror vor allem Möglichen? Wo bist du jetzt, in welcher Wohnung mit duftigen Vorhängen hast du dir dein Nest gebaut, sodass du umringt bist von Kindern und gewandt und unbeschwert alles bewältigst und noch mehr?

Aber in welcher schwarzen Verzweiflung ist eigentlich diese Morgenröte ans Licht gekommen und aufgewachsen, dieses flinke Mädchen, flink, wie die ältesten Töchter in kinderreichen Familien gewöhnlich sind? Denn in genau so einer Familie war sie die Älteste, diese Tanja, von der hier die Rede ist.

Jünger als sie war eine Reihe von Mädchen und, als letzter, ein Junge, den die Mutter immer an der Brust herumschleppte in der Endzeit ihres Ehelebens, in der sie ihrem Mann mit dem Kind auf dem Arm hinterherrannte, wenn er zur Arbeit ging – hinterherrannte, damit er nicht zu diesem verfluchten Dienst ging, wo er ausschließlich Unzucht trieb. Beinahe jeden Morgen rannte die Mutter ihm hinterher, beinahe jeden Morgen wurde sie von Verzweiflung gepackt, weil sie ihrem Ehemann erneut die Chance gab fortzugehen, fort zu dem verhassten, freien und unbeschwerten Zeitvertreib, und sie rannte mit letzter Kraft und dem Jungen auf dem Arm über die Straße, um ihren Mann einzuholen und ihm, dem Hals-über-Kopf-Davongehenden, mit der freien Hand wenigstens die Mütze herunterzuschlagen – solche Szenen waren nichts Neues für ihre Straße, in der ausschließlich Armeeangehörige wohnten. Tanjas Mutter war krank vor blindem Hass auf ihren Mann. Es war der Hass der rastlosen Arbeiterin und Märtyrerin auf den Schmarotzer, den Prasser und Verräter der Familieninteressen, obwohl der Vater jeden Abend in den Schoß dieser Familie zurückkehrte und das jeweils kleinste Kind auf den Arm nahm, aber die Mutter betrachtete auch diese Geste als Trick, als gemeines Spiel des Rüden, der Dreck am Stecken hat, und sie rissen das Kleine beinahe in zwei Hälften – der Vater, um es nicht der verrückten Mutter zu überlassen, und die Mutter, um dem Vater nicht die Chance zu geben, seine Show abzuziehen und weiter sein unehrliches Spiel, den Familienvater, zu spielen, ohne dass es dafür eine Berechtigung gab. Man konnte sogar den Eindruck gewinnen, dass die Mutter in ihren Kindern nur materielle Beweisstücke ihrer Lebensmühe sah, ihrer unmenschlichen Anstrengungen und ihres unbestrittenen, doch täglich neu erkämpften Wertes angesichts des Rüden. Des Mannes, der jedes Mal zitterte und wie ein Pudding wackelte, wenn sie die Stimme erhob – aus Angst vor den Nachbarn, die alles hören könnten, aber die wussten ohnehin schon genug, denn wo sie ging und stand, erzählte die Mutter allen alles, und die Weiber trösteten sie, nannten sie bei ihrem Vatersnamen Petrowna und rieten ihr, bei so viel Gemeinheit zum Chef ihres Mannes zu gehen.

Der Vater wahrte trotz allem irgendwie das Gleichgewicht in der Familie, und es ist schwer zu sagen, warum er sich solche Mühe gab, jeden Abend in einem friedlichen Seelenzustand nach Hause zu kommen, mit verlegenem oder absichtlich gleichgültigem Gesicht, nie mit seinem eigentlichen, sondern immer mit einem aufgesetzten, kurz zuvor präparierten, nicht mit dem finsteren und hasserfüllten, das man in dieser Situation eigentlich von ihm hätte erwarten müssen – nein, er hatte nicht die Kraft, böse nach Hause zu kommen, jedes Mal überlegte er, mit welchem Ausdruck er heute am besten erscheinen sollte, wenn er um 23 Uhr heimkehrte. Zeitiger wollte er nicht kommen, um nichts auf der Welt, das war das A und O, und jedes Mal kehrte er mit dem einen oder anderen aufgesetzten Gesicht heim, und jedes Mal fand er folgendes Bild vor: Keines der Kinder schlief, und seine Frau saß tränenüberströmt mit dem Kleinsten auf dem Bett. Wenn der Vater dann versuchte, die Mädchen mit der ihm eigenen sanften Art schlafen zu legen, riss ihm die Mutter die Kinder aus der Hand und schrie, niemand soll schlafen, alle sollen ihren Vater sehen, der sich herumtreibt und gerade mit roten Wangen aus einem anderen Bett gestiegen ist, der gerade eben noch mit seinem widerlichen Mund, mit diesem Trichter, Gott weiß wen geküsst hat und jetzt, mit noch feuchten Lippen, die reinen Mädchen berührt, mit denen er am liebsten auch schon schlafen möchte – und so weiter.

Die Armut der Familie war unbeschreiblich, da die Mutter nicht arbeiten ging und in Erwartung der elften, später dann der zwölften und so weiter Abendstunde alles hängen ließ, sodass die Kinder, die auf den wichtigsten Augenblick, den Kulminationspunkt, lauerten, oft spät einschliefen und morgens nicht wach zu kriegen waren. Die Mutter ging immer weiter in ihrem gerechten Zorn, es konnte passieren, dass sie ihren Mann an der Tür der Offiziersmensa abpasste und ihn, den Kleinen auf dem Arm, mit Füßen trat; als ob sie der allgemein vorherrschenden Meinung trotzen wollte, dass man auf diese Weise nichts erreicht bei einem Mann, sondern ihn nur abschreckt und für immer vertreibt – als ob sie jedes Mal das Schicksal und die Leute herausfordern wollte, wenn sie die Kinder hungrig zu Hause ließ und mit dem Jungen in die Steppe ging oder die schrecklichen Sätze schrie, Tanja hat eine Fehlgeburt vom eigenen Vater gehabt – sie, die Mutter, habe im Schrank blutige Lappen gefunden.

Allerdings konnte sich keiner erklären, was Tanjas Mutter eigentlich erreichen wollte, möglicherweise war es das Bedürfnis, das verlogene Bild zu zerstören, das der Vater mit seinem sanften Gesicht vor allem den Kindern vorgaukeln wollte, vor allem vor ihnen war es ihm wichtig, den Eindruck eines friedlichen Familienlebens zu erwecken. Die Mutter fühlte sich wie in einer Falle, umgeben von allgemeiner Nichtachtung, während ihr Mann bemitleidet und beschützt wurde – wie einmal zum Frauentag am 8. März, als sie zu dem Laden kam, wo ihr Mann gerade – das hatte sie ausspioniert – für sie und die Töchter kleine Geschenke kaufte. Da war jemand vor ihr ins Geschäft gerannt und hatte ihren Mann durch den Diensteingang hinausgelotst, bevor sie sich durch die dichte Menschenmenge zum Ladentisch vorarbeiten konnte.

Aber trotz all dieser abscheulichen Zwischenfälle kam fast jedes Jahr ein neues Mädchen zur Welt und der Junge, der Jüngste, nur ein halbes Jahr vor dem Tag, an dem der Vater die Familie für immer verließ. Wie das möglich war, worauf sich diese eheliche Kopulation stützte, wie die beiden sich darauf vorbereiteten und auf welchem Boden die Umarmungen möglich wurden – das wusste niemand, auch Tanja selbst, der hellste Kopf der Familie, hat es nie gesehen, obwohl sie Mutter und Vater aufmerksam beobachtete.

Die Mutter versackte mit jedem Schritt tiefer in Schmach und Schande, wobei sie sich Mühe gab, ihren Mann zu blamieren, und es war kein Ende abzusehen, da der Mann hartnäckig sein Bestes tat, um den guten Ruf der Familie zu retten und keinen Anlass zu bieten, so hingestellt zu werden, wie es seine Frau gerne sehen wollte – aber schließlich brachten die beiden Dickköpfe die Sache bis zu einer Grenze, wo zumindest dem einen Partner alles egal und nichts mehr heilig war, wo er auf alles spuckte – und gerade auf diesen Augenblick hatte der hartnäckigere, ausdauerndere der beiden gewartet, und er stieß als Reaktion auf die Gleichgültigkeit des Anderen einen Siegesschrei aus, der von dem fliehenden Partner ebenfalls gleichgültig aufgenommen wurde – er geht, aber der Siegesschrei ist überall in der Gegend zu hören, sodass die Leute, ob sie wollen oder nicht, mit einem Echo antworten müssen.

All das trat ein, und Tanjas Vater verließ die Familie, er verließ auch seine Garnison; er wurde in eine andere Einheit versetzt, aber dieser Schritt kam ihn teuer zu stehen, er hatte anschließend allen Grund, sich nicht mehr in seiner leidgeprüften Familie sehen zu lassen, er lebte still und leise mit seiner neuen Frau, von der erzählt wurde, sie sei wesentlich unkomplizierter als die Petrowna.

Nach dem Weggang des Vaters wohnte Tanja übrigens auch nicht mehr lange bei ihren Leuten, noch genau ein Jahr, bis sie siebzehn war, da wurde der Elektriker Viktor auf sie aufmerksam. Viktor war wesentlich älter und erfahrener als Tanja und begriff sofort, welcher Schatz in Person dieses zarten, umsichtigen Mädchens ihm in der Disko in den Schoß gefallen war, er nahm die Sache gleich in seine erfahrenen vierundzwanzigjährigen Hände. Tanja erklärte sich noch am selben Abend auf dem Nachhauseweg bereit, mit ihm zu gehen, und sie fuhren gleich am nächsten Morgen weg, obwohl die Mutter ganz unverhohlen sagte, dass sie ohne Tanja nicht zurechtkäme und es den Kindern schlecht ergehen würde. »Mir reicht's«, soll Tanja gesagt haben und »ich habe genug« und wie ein Fisch mit dem Schwanz geschlagen haben. Im weiteren Leben war sie mit ihrem anhänglichen und erfahrenen Viktor glücklich, nichts konnte sie aus der Bahn werfen: nicht, dass sie kein eigenes Dach überm Kopf hatte, nicht, dass die alte Wirtin sich jeden März aufhängen wollte, denn jeden März kam ihr Sohn auf Urlaub und versteckte jedes Mal den Strick; es brachte sie auch nicht aus der Ruhe, dass sie nur einen Löffel und zwei Gabeln besaß und das Messer ein Taschenmesser war, denn der Haushalt der Wirtin war kärglich, sie ernährte sich das ganze Jahr nur von Kefir. Alles, alles, was Tanja im Weiteren erlebte – alles nahm sie gelassen hin, alles war ihr recht, überall sah man sie mit ihrem leichten Gang, und niemals suchten sie Verzweiflung oder Zweifel heim, nicht einmal ein Schatten davon – niemals.

UNREIFE STACHELBEEREN

Die Mutter hatte das Mädchen in ein Sanatorium für unter-
ernährte Kinder gebracht und war weggefahren.

Das war im Herbst, das zweistöckige Holzhaus mit Gale-
rie entlang der Schlafsäle im ersten Stock stand wie viele
Schlösser am Ufer eines großen Sees.

Das Anwesen lag in einem herbstlichen Park mit Alleen,
Lichtungen und noch anderen Häusern, der Geruch des he-
rabgefallenen Laubs machte nach der schlechten Stadtluft
trunken, die Bäume standen unter einem tiefblauen Himmel in goldenen und bronzenen Kleidern.

Im Schlafsaal der Mädchen gab es ein Klavier, ein un-
erwarteter Schatz, die Glückspilze, die spielen konnten,
spielten, die Unglücklichen jedoch, die nicht spielen konnten, lernten es unter großen Mühen.

Das Mädchen war ich, ein zwölfjähriges Geschöpf, und
ich bedrängte Betty, die Klavier spielen konnte, es mir bei-
zubringen. Schließlich kannte ich das Liedchen »Fährt die
Lady auf dem Fahrrad« auswendig, die linke Hand bewegt
sich zwischen zwei Tasten, die genau im Abstand zweier
gespreizter Finger, dem Daumen und dem kleinen Finger, voneinander entfernt sind – zwischen Do und Sol, und
die rechte spielt unter diesem rhythmischen Gewummer
(Do-Sol, Do-Sol) die Melodie, wunderbar.

Das Klavier war das erste, worauf wir uns stürzten, wenn
wir den Schlafsaal betraten.

Das Mädchen war nämlich in diesem Schloss mit Säulen und hohen Decken untergebracht, der Schlafsaal befand sich in der Halle.

Das Anwesen war, so wurde erzählt, nach der Revolution Arbeiterkindern zur Verfügung gestellt worden, Arbeiterkindern mit Tuberkulose, aber zu dem Zeitpunkt, als das Mädchen in die fünfte Klasse ging, hatte sich längst alles vermischt, alle Kinder waren Arbeiterkinder, alle lebten in Gemeinschaftswohnungen mit mehreren Familien, fuhren in Bussen und Straßenbahnen, die gerammelt voll waren, und aßen in Gemeinschaftskantinen, in denen die Plätze nicht reichten, so dass hinter jedem Stuhl, auf dem ein Esser saß, eine lange Warteschlange stand. Von jedem Tisch gingen die Schlangen wie Strahlen ab und überkreuzten sich, vier Stühle, vier Strahlen, die sich mit den anderen verflochten, hungrige Schlangen, die den Löffel anstarrten, der gerade im Mund verschwand, war einer aus der Schlange herangerückt, stürzte er sich ungeduldig auf den Stuhl. Alle waren Arbeiter, alle standen nach Brot an, nach Kartoffeln, nach Schuhen, nach Hosen, ganz selten nach solch einer Rarität wie einem Mantel.

Selbst in den Gemeinschaftswohnungen musste man anstehen, vor der Toilette, oder dem Bad, auch an den Haltestellen musste man warten, und zwar in einer großen Menschenmenge, und es waren nicht unbedingt die Vorderen, die sich als Erste in den Bus oder Metrozug drängten, manchmal erwiesen sich die Hinteren als stärker, sie traten den anderen auf die Füße, stießen die Schwachen beiseite, die früher gekommen waren, zerstörten die einzige gute Eigenschaft, die eine wohlgeordnete, gerechte Schlange besaß.

Die Schlange ist Gerechtigkeit par excellence, und das Mädchen hatte in der Reihe ganz vorn gestanden, die Mutter hatte bei der Tbc-Fürsorgestelle einen Kuraufenthalt in der Waldschule (so hieß das Sanatorium) ergattert.

Und so hatte das Mädchen die stinkenden Moskauer Straßen, die vor Sauberkeit glänzende Schule und ihren Schlafplatz – eine Matratze unterm Tisch – hinter sich gelassen und war mit seiner Mutter und einem Koffer im Regionalzug zur Waldschule gefahren, wo der Schlafsaal mit dem Klavier Dortoir genannt wurde und wo es im Speisesaal Säulen gab und einen Chor (es war der frühere Ballsaal).

Ich möchte hier nicht das Äußere dieses Mädchens von zwölf Jahren beschreiben. Bekanntlich sagt das Äußere viel über einen Menschen aus, aber nicht alles. Das Äußere kann zum Beispiel ausdrücken, wie ein Mensch isst, geht, spricht, was er spricht, wie er dem Lehrer antwortet oder wie er im Park herumrennt, aber es erklärt niemals, was für ein Leben im Innern eines Menschen vor sich geht, niemand kann das ahnen, aber beurteilt wird der Mensch rein nach seinem äußeren Erscheinungsbild. Selbst ein Verbrecher führt ständig innere Gespräche mit sich, rechtfertigende Gespräche. Ja, wenn jemand diese Gespräche hören würde, ja wenn! Auch das durchschnittliche, ganz normale Mädchen von zwölf Jahren führte ständig solche Selbstgespräche, die ganze Zeit musste es entscheiden, was zu tun sei, buchstäblich jede Minute – wie und was wem antworten, wo sich hinstellen, wohin gehen, wie reagieren. Alles mit dem wichtigen Ziel, sich zu retten, damit es nicht geschlagen, nicht gepiesackt, nicht ausgeschlossen wird.

Ein Kind von zwölf Jahren hat nicht genug Kraft, seine stürmische Natur zu bändigen, auf sich zu achten und in Betragen, Ordnung und Schweigsamkeit vorbildlich zu sein. Seine Kräfte reichen dafür nicht aus, das Kind ist wild, rennt, schreit, zerreißt die Strümpfe, die Schuhe werden beim Rennen durch den feuchten herbstlichen Park nass, der Mund will einfach nicht still stehen, der Schrei stößt wie von selbst aus dem Brustkorb, denn es wird Hexe gespielt oder Räuber und Kosak. Auch in der Schule muss das Mädchen durch den Flur rennen, die Haare zerzaust, die Nase läuft, häufig prügelt sie sich, herrlich.

Ein Kind ohne Mutter muss selbst auf sich aufpassen – wenigstens die Sachen nicht verlieren, damit fängt es an, denn es braucht was zum Anziehen, wenn es durch den Park in die Schule geht, nicht dass es am Ende passiert, dass der eine Strumpf da ist und der andere unter Geheul im ganzen Dortoir gesucht werden muss. Als erstes gehen die Taschentücher verloren, die Handschuhe (der rechte) verschwinden, der Schal, die Mütze muss lange gesucht werden, ganz zu schweigen von Bleistift, Lineal und Radiergummi, die sind einfach unauffindbar. Bald hatte niemand mehr in der Klasse einen Bleistift.

Im Kopf des Mädchens reifte sogar der Plan, ein Märchen über das Land der verlorenen Dinge zu schreiben, in dem alle Kämme (stimmt, auch die Kämme gingen verloren), Haarschleifen, Haarspangen, der Federhalter mit Feder, alle Bleistifte usw. verschwanden. Aus diesem Land gab es keine Wiederkehr, davon sollte die Geschichte handeln.

Aber das Mädchen, das nacheinander alle seine kleinen Dinge verlor, kam ohne Bleistift, Radiergummi und Lineal, ohne Kamm, Schleifen und Haarspangen nicht aus, und es schrieb der Mama einen Brief, liebe Mami, wie geht es Dir, mir geht es gut, bring mir bitte mit – und es folgte eine lange Liste.

Das Kind musste sich wie Robinson Crusoe mit den notwendigsten Dingen versorgen, in seinem Haushalt gab es laufend Lücken: zum Beispiel war plötzlich eine Galosche weg. Und eine Galosche ist eine ernsthafte Sache, ohne die kommst du nicht durch die nasse Allee mit Pfützen zum

Unterrichtsgebäude, schlägst dich auch nicht durch zum Speisesaal, ohne Galosche lassen dich die Erzieherinnen einfach nicht raus. Galina Iwanowna gibt dir so lange eine viel zu große Galosche.

Schlappend und schiebend geht das Mädchen als Schlusslicht der Klasse raus, wie eine Verstoßene, wie eine Sünderin, in unterschiedlich großen Galoschen. Solange die Mama kein neues Paar geschickt hat.

Was die Schönheit betrifft, war ich Mittelmaß, dazu kam nun noch diese riesige schlappende Kasserolle, in der ich zwei Wochen über den Lehm rutschen musste, hin und zurück, ins Schul- und Schlafgebäude und zum Speisesaal.

Für mich aber war es wichtig, wie ein Mensch auszusehen. Ein Mädchen von zwölf Jahren zu sein ist kein Kinderspiel! Eine Klasse über mir, der sechsten, gab es den kleinen Tolik, im gleichen Alter wie ich, aber einen halben Kopf kleiner, ein unwahrscheinlich schöner Junge. Brennende schwarze Augen, kleine Nase, Sommersprossen, lange Wimpern, überhaupt sahen die Augen wie Sterne aus, und immer lachte er – neckisch wie ein Verführer.

Das Mädchen war zu groß für ihn, aber der Zauber dieses jungen Hermes, des Gottes der Diebe, war auf alle gleichermaßen gerichtet. Er strahlte seine Energie wie ein kleiner Reaktor aus, ohne Sinn, ohne konkretes Ziel, aber hundert Meter weit. Am ehesten ähnelte Tolik einem Teufelchen mit goldenem Gesicht, das Strahlen begleitete ihn überall, die Jungens aus der Klasse hingen immer an ihm, er war immer im Mittelpunkt, gefährlich wie ein scharfer Pfeil, der alle Augen blendete. Wenn er im Speisesaal auftauchte, erstrahlte der Teil des Saals, wo sein Tisch stand, in einem besonderen Licht, das Mädchen verspürte eine ungewöhnliche Freude, wenn Tolik kam, seine Augen vergrößerten sich wie unter einer Lupe, sie durchforsteten das gesamte

Reich, in dem Tolik der Königssohn war, alle Köpfe wendeten sich ihm zu wie die Sonnenblumen zur Sonne, oder es schien dem großen Mädchen von zwölf Jahren nur so, dem Mädchen, das nur eine Galosche besaß und die fremde zweite wie eine Gefangene in Ketten durch die Allee schob, hin und zurück, zum Frühstück, zum Unterricht, zum Mittagessen, ins Dortoir, zur Vesper und so weiter. Eine Schnecke, die auf einer Sohle kroch – das war das Mädchen, dieser Stich traf mitten ins Herz, in das Herz, über dem ein Hügel in der Größe einer Stachelbeere anschwoll.

Bei allen Kindern der fünften und sechsten Klassen schwoll etwas an, beim gesamten Sanatorium, bei den Jungens wie bei den Mädchen.

Eines Tages erschien mir im Foyer des Haupthauses, wo der Speisesaal untergebracht war, in der hohen Tür, gerade als ich die zweite, normal große Galosche abstreifte, Toliks helles Strahlen, er trat ein, und sofort flog ein Freund auf ihn zu und stieß aus Versehen mit den Armen gegen seine Brust.

»Oijoijoi!«, jammerte Tolik zum Spaß dümmlich und schmachtend. »Aua! Du hast meiner Brust wehgetan, du Idiot!«

Er presste seine Hand unter die linke Brustwarze. Auf seinem Gesicht leuchtete ein teuflisches Lächeln. »Die Brust, die Brust tut ihm weh!«, flüsterte das Mädchen. »Komisch! Nicht nur bei den Mädchen tut's weh! Nicht nur bei mir!«

Ganz klar, er beachtete mich, was sich darin ausdrückte, dass sein Strahl meine Augen traf. Offenbar hatte ich Tolik gerade angesehen, meine Augen verrieten einen Gedanken, einen wichtigen Gedanken, Amor erhaschte ihn und deutete ihn zu seinem Vorteil. Aber die heranstürmenden Jungens schoben ihr Idol resolut in den Speisesaal. Unsere Blicke jedoch waren sich zum ersten Mal begegnet.

Der Gedanke in meinen Augen war ganz einfach zu lesen: »Das kann doch nicht sein, dass auch bei DENEN die Brust anschwillt und weh tut?«

Dass Tolik Schmerz empfand, brachte mich in Ekstase. Also war er genauso gestrickt wie ich! Der gleiche Organismus! Er durchläuft das gleiche Stadium wie ich! Wie waren beide so etwas wie Kaulquappen!

Das Mädchen ging wie verzaubert in den Speisesaal, wo bereits die Schule komplett beim Mittagessen saß (es musste mit seiner Riesengalosche bis ganz nach hinten schlurfen).

Das Kollektiv kann es nicht verknusen, wenn sich jemand anders verhält, wenn jemand zum Beispiel zu spät kommt, anders gekleidet ist. Das Kollektiv – und das Mädchen wurde seit der Kindergartenzeit in Kollektiven erzogen – hat harte Strafen. Es macht sich über diesen Andersartigen lustig, drischt auf seinen Kopf ein, kneift ihn, stellt ihm ein Bein, es klaut einem Schwachen alles, was nicht niet- und nagelfest ist, treibt seinen Schabernack mit ihm. Boxt ihn mit der Faust direkt auf die Nase, bis sie blutet. Die Kinder lachten beim Anblick der großen Galosche wie wild. Sie klauten dem Mädchen alles (das Land der verlorenen Dinge!).

Mit dem Kollektiv, dieser hundertäugigen Hydra, muss man vorsichtig umgehen, es gibt viele Methoden, Fallen aus dem Weg zu gehen. Zum Beispiel darf man keinem seine Gedanken anvertrauen. Wenn jemand deine Gedanken errät, ist alles vorbei, er erzählt sie auf der Stelle weiter. Alle lachen hinter deinem Rücken.

Du kannst nicht einmal heimlich den Inhalt des Päckchens aufessen, das dir die Mama von zu Hause geschickt hat – die steinharten Lebkuchen. Geizhals! (Die anderen sind keine Geizhälse.)

Für immer ist dir der Sinn für Eigentum ausgetrieben worden. Gib alles her!

Im Sommer, im Pionierlager, war es sogar noch schlimmer, kein einziger Erwachsener kümmerte sich um Schlägereien. Hauptsache war, die Kinder satt zu kriegen, ins Bett zu bringen und zu wecken, so lautete das Gesetz der Kinderreichen, um Details kümmerte sich keiner.

In der Waldschule allerdings waren die Klassen nicht groß, dort gab es nur wenig Kinder. Der Park, die Säulen, die Klaviere und die Isolation der Tuberkulosekranken machte die Erzieher den Kindern gegenüber aufmerksamer. Die Erzieher waren ebenfalls krank. Viele hatten Knochentuberkulose und trugen Stützkorsetts. Viele waren hier Lehrer, weil sie krank waren, weit weg von den anderen Menschen, an der frischen Luft. Eigenartige, kluge, ungewöhnliche Pädagogen, die die Welt verlassen hatten und in diesen Park, in das Schloss mit den Säulen gekommen waren, hierher, wo es am Abend wirklich dunkel war und wo durch die Stämme der hoch aufragenden Bäume kleine Lichter leuchteten.

Die Riesengalosche brachte dem Mädchen Unglück, es wurde verbannt, es war die Letzte in der Klasse. Es schlurfte den anderen Mädchen hinterher, blieb absichtlich zurück, die anderen lachten sie unverhohlen aus.

Am Ende der zweiten Woche, an einem dunklen Oktoberabend, als die Gruppe nach dem Essen durch den Park zum Dortoir zog, blieb es weit hinter den anderen Mädchen zurück, es schleuderte die Galosche nach hinten, und erblickte die Jungen, die unbeaufsichtigt waren.

Plötzlich standen sie vor dem Mädchen.

Wie Wölfe instinktiv ihrem Opfer den Weg abschneiden, die Schlinge immer enger zusammenziehen, so umkreisten auch die Jungen das Mädchen auf dem Trampelpfad im dichten Gestrüpp, versperrten ihm den Weg. Im Dunkeln kaum zu erkennende Schatten.

Das Mädchen drehte sich um und sah, dass auch die weiter hinten Stehenden von einer Ahnung getrieben wurden, sie kamen immer näher.

So als wären sie alle von einem einzigen Gefühl beherrscht – vom Gruppeninstinkt der Jäger. Sie alle waren zu einem einzigen Organismus zusammengewachsen, der sich über das tote Opfer hermacht.

Alle hatten nur diese einzige Ahnung – hitzig, beschränkt, nicht vorausschauend, nicht daran denkend, was danach kommt. Für sie gab es nur ein Ziel, das Opfer bewegte sich noch, es musste gefasst werden.

Was ging in ihren zwölfjährigen Hirnen vor, in ihren noch leeren Herzen, in ihren unreifen Organismen, in ihren unreifen Stachelbeeren auf der Brust? Es gab nur eins: das Gefühl der kollektiven Hetzjagd – packen!

Das Mädchen stand zwischen dunklen Bäumen, in der Mitte eines kleinen Waldes, eingekreist. In der Ferne, ganz weit weg, am Rande des Feldes, leuchtete das Licht des Schlafsaals, dort tauchten im Dunkeln die kleinen Umrisse der Mädchen auf. Die Glücklichen, sie waren in Sicherheit.

Ich stieß einen wilden Schrei aus, wie eine Sirene. Das war ein Schrei des Entsetzens, ohne Unterbrechung, obwohl die Tränen meinen Kehlkopf zuschnürten.

Die Jungen, die vorn standen, kamen lachend näher. Ich sah ihre dämlich grinsenden Gesichter. Sie breiteten die Arme aus, um mich zu packen.

Ich stand wie angewurzelt und sandte meinen Schrei zu den Mädchen.

Ich sah, wie die fernen Silhouetten der Mädchen sich umdrehten und dann wegliefen.

Die Jungen begannen, den Kreis zu schließen. Später –

ein Leben lang – erkannte ich diese Maske des sinnlosen, heimtückischen, ekelhaften Lachens immer wieder, dieses unwillkürliche, heimliche Grinsen, wenn niemand es sieht.

Ihre Finger zuckten. Vielleicht schwollen in diesem Moment ihre Stachelbeeren an.

Ich kreischte noch lauter. Ich wappnete mich, mein Leben teuer zu verkaufen.

Was konnten sie mit mir anstellen?

Geschäftig wie ein Trupp Chirurgen und geleitet vom kollektiven Instinkt beim Anblick eines Opfers mussten sie es schließlich buchstäblich mit den Händen in Stücke reißen und die Reste vergraben, denn das Ergebnis der Jagd musste verheimlicht werden. Aber davor mussten sie alles tun, was mit einem lebendigen Menschen gemacht werden konnte, der einem in die Hände gefallen war. »Verhöhnen« nennt man das.

Bislang war der einzige Wunsch der Jäger, mir den Mund zu stopfen, egal womit.

Aber irgendetwas hielt sie zurück, sie blieben auf einer Distanz von zwei Metern stehen. Der Ring zog sich nicht vollends zusammen. Sie warteten. Ich riss mich wild schreiend von der Stelle, durchbrach ihren Kreis und rannte in die Freiheit, aufs Feld.

Die Galosche hatte ich verloren, ich stürmte wie ein Wirbelwind in Richtung Haus und holte das letzte der Mädchen an der Haustür ein.

Als es sich auf mein Getrappel hin umdrehte, entdeckte ich auf seinem Gesicht das gleiche ekelhafte Grinsen. Ich stürzte ins Haus, verheult, voller Rotz, aber keine fragte, warum ich so geschrien hatte. Sie fühlten es, auch sie stammten aus den finsteren Zeiten der Höhlenmenschen, jede Einzelne war ein Nachkomme dieser Jäger und Opfer.

Kinder begreifen das Leben sehr gut und nehmen die ein-

fachen Regeln sofort an. Sie sind bereit zu diesem Höhlen-
dasein. Sie verderben schrecklich schnell, wenn sie zu dieser
uralten Lebensweise zurückkehren, zum Sitzen am Feuer in
der Horde, zum kollektiven Essen, wo alles nach Rangord-
nung aufgeteilt ist, den Rudelführern mehr, den Niederen
und Schwachen weniger oder gar nichts. Mit Frauen, die
allen gehören. Ohne Bett, ohne Geschirr, essen mit den
Händen, schlafen wo du gerade stehst, gemeinsam rauchen,
trinken ebenfalls, gemeinsam heulen, keinen Ekel vor dem
Anderen empfinden, vor seinem Speichel, seinen Exkre-
menten und seinem Blut, gleiche Kleidung tragen.

An diesem Abend waren die Mädchen schweigsam, niemand sagte etwas zu mir. Als ob eine wichtige Sache voll-
zogen worden sei, die alle brauchten, als ob die Gerechtigkeit gesiegt hätte, alle zufriedengestellt seien.

Sie wussten ja noch nicht, dass ich aus dem Ring ausgebrochen war.

Was wäre geschehen, wenn sich der Kreis um das Mädchen zusammengezogen hätte, wenn es liegen geblieben
wäre, dort unter den Bäumen? Sie hätten sich in ein Knäuel
verwandelt. Mit gierigen Augen. Wären bereit gewesen, die
Leiche mit ihren Blicken zu zerreißen.

Was wäre gewesen, wenn das Mädchen zwar lebend zurückgekehrt wäre, aber als zertretenes, zerfleischtes Beute-
stück? Für solche Fälle gibt es den Ausdruck »zu Boden ge-
rungen«. Sie wissen noch aus alten Zeiten, dass man einen
solchen »Zubodengerungenen« zu allem benutzen, ihn
schlagen kann, wie man Lust hat, ihn löffelweise essen, sich
über ihn lustig machen kann, und jeder hat das Recht, ihn
zu zwingen, alles zu tun, was man will.

In der hier beschriebenen Zeit nannte man das »nicht
vorbei lassen«.

In der Stadt, im Hof, gab es Kinder, die nicht vorbeigelassen wurden. Man stellte sich ihnen in den Weg, sie wurden in die Ecke gedrängt, vor aller Augen an die Wand gedrückt, von zweien, von dreien verfolgt. Beim Anblick des Opfers wurde gegrinst, man stürzte ihm entgegen.

Der Blick der Verfolgten war der einer gleichgültig, demütig, eigenartig lächelnden Kreatur.

Gerettet werden konnten sie nur von Erwachsenen, aber die waren nicht immer da, nicht auf allen Wegen!

Am nächsten Tag war alles wie früher, nicht schlimmer und nicht besser. Die Galosche fand ich auf dem Weg in den Speisesaal, fuhr mit dem schmutzigen Schuh hinein und latschte mit dreifacher Geschwindigkeit los, um bloß nicht zurückzubleiben.

Die Jungen benahmen sich wie immer, ließen keine Gelegenheit aus, mir eine runterzuhauen, mich am Zopf zu ziehen, mir ein Bein zu stellen.

Die Mädchen beobachteten mich heimlich und konnten nichts Besonderes entdecken.

Wenn die Jungen gelacht, gekichert hätten, wenn sie mich anders behandelt hätten, dann wäre alles klar gewesen.

An bestimmten Anzeichen jedoch hatten die Mädchen erkannt, dass ich aus dem Ring ausgebrochen war.

Alles kehrte auf seinen gewohnten Platz zurück. Nur ein einziger Mensch im ganzen Sanatorium fühlte, was mit mir passiert war, offenbar hatte man ihm indirekt davon erzählt. Das war der Reifste unter den Kindern, der für die Jagd am besten ausgerüstet war – Tolik.

Von nun an stellte sich Tolik mir in den Weg, wobei er niemals allein war, ständig wurde er von zwei, drei Freunden begleitet.

Er verstellte mir den Weg und tastete mit seinen leuchtenden schwarzen, sehr schönen Augen mein Gesicht ab, meinen Oberkörper, meine Beine. Er grinste dämlich, seine Leibwächter, die immer Abstand zu ihm wahrten, bewachten finster das Gelände. Sie hatten nichts zu lachen. Es waren nicht sie, die jagten.

So tasten Scheinwerfer den nächtlichen Himmel ab, wenn sie nach einem Eindringling suchen.

Ich kam immer unbehelligt davon, lernte die Erwachsenen zu Hilfe zu holen, mit allen möglichen Tricks.

Mein Herz klopfte wie wild, wenn ich den Belagerer vor mir erblickte.

Das war nicht das, was man »er rennt ihr hinterher« nennt.

Das war etwas anderes.

Die Mädchen kapierten nichts und zuckten mit den Schultern.

Allein ich wusste, dass Tolik mich verfolgte und auf meiner vorgeblichen Schande ritt.

In der Klasse hatte man aufgehört, das Mädchen zu belästigen. Als ob es sich mit seiner mächtigen Stimme und seiner Unbeugsamkeit befreit hätte. Es zeigte sich, dass das Mädchen eine besondere Gabe besaß, es konnte schrecklich laut schreien, es hatte eine ungewöhnlich kräftige Stimme, konnte tief heulen und hoch kreischen. Diese Gabe kam, wenn nötig, zum Einsatz.

Das war wie die Fähigkeit einer Katze, die ausprobiert, wie laut sie schreien kann, bevor sie sich in den Kampf stürzt.

Außerdem war ich nun hoch motiviert, ich bekam ums Verrecken nur Einsen.

Das Heim war kein Pionierlager, sondern eine Waldschule, ein Kind wurde nicht nur danach beurteilt, ob es schnell aufstand und pünktlich zur Schule kam.

Eine Eins kann man nicht mit einer Ohrfeige auslöschen,

sich über eine Eins lustig zu machen, über einen Aufsatz, der von der Lehrerin allen zum Vorbild laut vorgelesen wurde, war nicht so einfach.

Während eine Fünf, besonders in Mathematik, nach sich zieht, dass man ausspuckt, gewalttätig wird und aus der Schule abhaut, die Angst vor einer Kontrollarbeit führt zum Aufstand, die Unfähigkeit, Bruchrechnung zu verstehen – zum Gefängnis.

In der Kindheit in Moskau, in den Warteschlangen hinter den Stühlen in der Diätkantine (Mama kaufte auf ihrer Arbeit immer und ewig diese Essensmarken), in der Gemeinschaftswohnung, in der von allen benutzten Küche brauchte das Mädchen keine Einsen, es war beschützt von einer liebenden Mutter.

Hier, in Einsamkeit, allein unter einem fremden Stamm, der sich gegen das Mädchen verschworen hatte, verteidigte es sich selbst, indem es einen Aufsatz über den Herbst schrieb. Wie im Fieber erfand es ein poetisches Bild nach dem anderen – Kristall auf Purpur, Gold auf herabfallenden Kaskaden, Türkis auf Schnitzerei, Kristalle auf Korallen.

Die verwunderte, ja verblüffte Literaturlehrerin, eine schöne Frau im knarrenden Lederkorsett (Knochentuberkulose), gab meinen Aufsatz allen Lehrern zu lesen und trug ihn dann der Klasse vor. Der Klasse, die mich fast zertreten hätte.

Das war noch nicht alles, ich schrieb auch noch ein Gedicht. Zum Feiertag der Verfassung. Für die Wandzeitung. Nicht so eins, über das alle lachen, das sich auf die erbarmungsloseste Weise einem schwachen Menschen entringt wie ein stürmischer Hilfeschrei. Nein, ich schrieb ein Gedicht, über das nicht gelacht werden durfte. Ein Gedicht, das unweigerlich die allgemeine Achtung hervorrufen musste. Wir, das sowjetische Volk, wir sind stark, und wir verteidigen den Frieden auf der ganzen Welt. Drei Strophen.

»Hast du das selbst gemacht?«, fragte lächelnd die schöne Lehrerin und knarrte mit dem Korsett. Die niedrige Wintersonne schien grell ins Fenster und malte um ihren dunklen Kopf mit dem Kranz einen hellen Schein, die federleichten, sich kräuselnden Haare leuchteten.

Auf diese Weise hatte ich einen sicheren Pfad betreten, auf dem sich mir keiner mehr in den Weg stellen konnte. Mama schickte mir Filzstiefel mit Galoschen.

Nachts ging ich in die hell beleuchtete Toilette und machte auf dem Fensterbrett meine Hausaufgaben, löste die Matheaufgaben und lernte die Regel auswendig »Trenne nie st, denn das tut ihm weh«.

»Trenne doch st, das tut gar nicht weh!«, lachten die Jungen, die Fünfen bekamen, war mir doch egal!

Ich sang mit meiner kräftigen neuen Stimme, ging zum Chor. Ich sollte mit anderen Mädchen einen moldauischen Volkstanz einüben, wir drehten uns, stampften, hüpften im Kreis, hatten die Hände paarweise über Kreuz gefasst.

Das Sanatorium bereitete sich auf das Neujahrsfest vor.

Nach dem Neujahrsfest sollten wir nach Hause entlassen werden, Schluss.

Ich würde meinen Peiniger nie wieder sehen, meinen kleinen Gott Tolik.

Tolik, Tolik, phantasierte ich, der Name klang wie Kondensmilch, süß und warm.

Deine Augen sind wie Sterne.

Wie Sterne deine Sommersprossen.

Deine Stimme ist wie Kristall.

Über mir strahlt dein Gesicht, deine schwarzen Locken, dein ungenierter und schmachtender Blick.

Er drückte mich im wahrsten Sinne jedes Mal in die Ecke,

sagte unverschämte und wilde Worte zu mir und lachte. Dabei war er viel kleiner als ich. Aber kräftig, gespannt wie ein Flitzbogen, mit hoch erhobenem Kopf.

Kein niedlicher kleiner Amor, kein weiblich zarter Apollo – ein grober, gespannter, gekrümmter Tuberkulose-Junge. Der genau zielte. Der wusste, was ihm zustand.

Ich wich ihm aus. Ich begegnete ihm überall wie einer Versuchung. Ich sehnte mich nach ihm, und wenn ich ihn erblickte, war es, als ob ein Windstoß gegen meine Brust schlug.

Die anderen Kinder hatten längst alles durchschaut und wunderten sich nicht mehr beim Anblick des merkwürdigen Paares – das große Mädchen, das sich an die Wand drückte, und der kleine Junge, der sich mit den Händen zu beiden Seiten des Mädchens gegen diese Wand stützte und mit einschmeichelnder Stimme immer wieder die gleichen wilden Worte sagte.

Ich dachte, alle seien verliebt in Tolik.

Gerade dass er klein war, verlieh ihm Majestät, denn alle seine Diener waren größer als er, seine ganze Suite.

Zwischen ihnen wirkte er wie ein leerer Raum, alle traten auseinander, und er schritt allein in diesem Raum umher.

Meine Träume waren voll von seinem Gesicht.

Als die Vorbereitungen zum Neujahrsfest begannen, war das Mädchen wie im Fieber, probte mal das eine, mal das andere, unerbittlich rückte der letzte Tag näher, der 28. Dezember.

Als alles vorbei war, suchte das Mädchen einen Platz, wo es weinen konnte – in der Garderobe schmiegte es sich an einen fremden Mantel.

Ich wusste, dass ich Tolik nie wiedersehen würde.

Das Mädchen von zwölf Jahren mit zwei Stachelbeeren in

der Brust. Klassenbeste ohne bemerkenswertes Äußeres, aber alles wie es sich gehört, die Mama hatte Filzstiefel mit Galoschen geschickt, einen Kamm, Haarschleifen, Spangen. Das Mädchen weinte schon im Voraus über sein zukünftiges Leben, das ohne den Gott Tolik vergehen würde. Es zog sich den Mantel und die neuen Filzstiefel mit den Galoschen an, verließ das Dortoir und trottete in den verschneiten Park, auf die vereiste Chaussee, an einem sonnigen Tag, es ging seiner Mama entgegen – denn es war der Tag der Abreise, das Fest war vorbei.

Das Mächen sah sich nach dem Zauberschloss um und weinte unter dem blass-blauen Himmel inmitten der winterlichen Schnitzereien, unter den Kaskaden aus Kristall, die von den Bäumen herabhingen, es wehte ein eisiger Wind und alles war gefroren, unter anderem auch die Tränen. Unter der Himmelskuppel aus Eisbrillanten.

Das Neujahrsfest war vorüber, ich war als Solistin aufgetreten, hatte vor dem Chor gestanden, dann hatte ich den wilden moldauischen Zigeunertanz mit Schellen in einem knallbunten Rock getanzt, mit den Schläppchen stampfend, in weißen Socken, zusammen mit einer Freundin, die genauso aussah wie ich, wir hatten uns an den Händen gefasst und waren im Kreis gehüpft, im Wirbel der Musik, in der Mitte des Ballsaals. Alles für dich, Tolik.

Ich muss erwähnen, dass auch Tolik zur Klavierbegleitung sang, er besaß, wie sich herausstellte, eine klare, kräftige, hohe Stimme. »Die Heimat hört ... Die Heimat weiß ... In den Wolken fliegt der Heimat Sohn ...«

Da war ihm nicht mehr nach Hohn und Spott zumute, er gab sich redlich Mühe. Er war aufgeregt.

Er erniedrigte sich wie jeder abhängige Künstler. Die Zuschauer begrüßten ihn irgendwie seltsam, sie klatschten verwundert. Ein König braucht keinen Applaus!

Dann kam das Essen und dann der wichtigste Teil, der Tanz. Die Wengerka, Pas de Quatre, Pas d'Espagne (der Titel dazu: »Mein Mädchen, was immer Sie begehren«), Pas de Patineur, ich stand in der Menge, auch Tolik stand dort, der Wildfang, lachte mit seiner Patrouille. Lachte über mich.

Damenwahl.

Ich riss mich los und trat auf ihn zu.

Es war ein Pas de Quatre, ein altes Menuett, bei dem man sich hinknien musste.

Ich traute mich nicht ihn anzusehen.

Wir fassten uns mit eisigen Fingern und liefen auf hölzernen Beinen durch den Tanz, knieten uns nieder, er drehte mich mit erhobenem Arm, dabei stellte er sich etwas auf die Zehen.

Das geschah Anfang der fünfziger Jahre, den Kindern waren die wohlanständigen Paartänze des Smolny-Instituts für adlige Jungfrauen beigebracht worden.

Der wohlanständige Tolik erstarrte, ihm war das Lachen vergangen, die Sache war schon ziemlich weit gediehen, seine höhnischen Witze hatten sich bewahrheitet. Ich brauchte nichts mehr zu verbergen. Ich heulte Rotz und Wasser.

Tolik hatte Achtung vor mir, vor meinem Zustand, er begleitete mich sogar zu einer Säule und kehrte dann zu seinen Jungens zurück.

Ich ging ins Dortoir und weinte, bis die Mädchen kamen.

Die Beziehung zwischen Tolik und mir trat in eine neue, offene Phase ein, die ihn verunsicherte, das war etwas anderes als vorher, als er sich lässig vor mich stellte, seine Hände gegen die Wand stützte und immer wieder höhnisch sagte: »Was ist, du verliebter Teufel? Was ist, du verliebter Teufel?«

Mama kam sehr spät, ich ging mit ihr und dem Koffer unter dem schwarzen Himmel auf dem weißen Weg zum Bahnhof, die Lichter des Dortoirs begleiteten unseren erbarmungswürdigen Fußmarsch. Ich wurde von Mama immer als Letzte abgeholt. Alle waren schon weggefahren. Wie und wann Tolik abgeholt worden war, wusste ich nicht.

Ich habe ihn niemals wiedergesehen. Aber gehört habe ich ihn, seine Stimme.

Er begann mich anzurufen, das war schon in Moskau.

Julinka holte mich ans Telefon. Sie wohnte im Nachbarzimmer unserer Gemeinschaftswohnung, sie war die Tochter meines Großvaters aus zweiter Ehe, Studentin an der Staatlichen Filmhochschule, Malerin.

»Du wirst verlangt«, sagte sie wie gewöhnlich mit weit aufgerissenen Augen. »Irgend so ein Junge.«

»Was für ein Junge, bist du verrückt«, murmelte ich, als ich in den Flur kam. »Hallo!«

»Ich bin's, Tolik. Erinnerst du dich?«, sang eine stählerne Stimme. »Grüß dich.«

»Ach, Lenka, grüß dich«, sagte ich bedeutungsvoll und blickte zu Julinka. Auch meine Mama kam in den Flur. »Lenka Mitjajewa«, sagte ich zu ihr.

Mein Onkel Mischa Schilling, Junggeselle, Radiologe in der Poliklinik des KGB, öffnete ebenfalls seine Zimmertür, steckte den Kopf heraus und beobachtete den Volksauflauf. Er begriff nichts, ließ aber seine Tür offen stehen.

Alle taten so, als warteten sie darauf, dass das einzige Telefon in der Gemeinschaftswohnung frei werde.

Mein geliebter alleinstehender Onkel Mischa schob sogar seine schwarze Portiere beiseite (wie im Röntgenkabinett) und stand in blauer warmer Jägerunterwäsche zwischen den Vorhängen wie ein Bild von einem Prinzen.

»Ich bin's, Tolik«, piepste die Stimme am anderen Ende der Leitung.

»Grüß dich, grüß dich«, entgegnete ich.

Als ob ein Magnet im schwarzen Hartgummihörer versteckt sei, zog es alle in den Flur. Es fehlten nur die Familie Kalinowski-Starkowski, dann die zweite Frau meines Groß-vaters, Großvater selbst, der immer im Bett seine Papirossy »Belomor« rauchte, und die Heizerin Tante Katja.

»Ach, Lenka? Nein, Lenka. Das klappt nicht. Ich kann nicht«, lallte ich. Ich hielt den Hörer zu und teilte Mama mit: »Sie wollen ins Kino gehen.«

»Wird ja immer schöner! Es ist schon spät!«, rief meine Mama wie ein Echo, und Onkel Mischa und Julinka taten, als warteten sie auf etwas Bestimmtes.

Vor den Augen der Familie und der Nachbarn unterhielt ich mich mit dem größten Geheimnis meines Lebens!

»Wozu, Lenka«, fragte ich wie leblos schon zum x-ten Mal, Tolik hatte mich mit seiner kristallenen Stimme ins Kino »Powtorny« eingeladen.

Ich war kurz davor, in Ohnmacht zu fallen.

»Lenka, wozu«, sagte ich und sank in Gedanken bereits in die Knie.

Der Junge, der mich für immer verlassen hatte, die ver-schwundene Welt der Kaskaden und bronzenen Schnitze-reien, die Welt des Glücks, der Heldentaten, der wunder-samen Rettung und der großen Liebe – das alles konnte es in Moskau nicht geben –, in der Gemeinschaftswohnung mit den vielen Nachbarn, in unserem Zimmer, das mit Bücher-schränken voll gestellt war, in dem sich unverschämte Wan-zen versteckt hielten und in dem nur unterm Tisch noch ein Platz zum Schlafen war, auf dem Fußboden.

Kristall und Türkis, »die Heimat hört«, Pas de Quatre, mein Weinen, die eisigen Finger – alles war verschwunden, war dort geblieben, im Paradies. Hier ging es anders zu. Dort war ich eine Schülerin der fünften Klasse mit chro-nischer Rhinitis (Rotz) und mit braunen Strümpfen, die ich jeden Tag zerriss.

Es war unmöglich, dass Tolik, der Engel, der Königsohn, der kleine Prinz in der Kälte stand, in einer finsteren Telefonzelle vor dem schmuddeligen Kino »Powtorny«.

Mein Herz zog sich zusammen und tat weh, mit mir sprach der Geliebte, den ich für immer verloren hatte.

Tolik hatte meine Telefonnummer rausgekriegt und forderte mich nun seinerseits zum Tanz auf, der Gott weiß wo hin führen konnte.

Ich glaubte meinem Glück nicht, ich begriff nicht, dass es Glück war, und wiederholte mit gleichgültiger Stimme immer ein und denselben Blödsinn für die aufmerksamen Zuhörer: für Mama, Julinka und Onkel Mischa.

Sie hatten längst alles durchschaut und interessierten sich brennend für meine Partisanenlegende.

»Nein, Lenka, das klappt nicht. Meine Mama lässt mich nicht, stimmt's, Mama?«

Mama nickte müde.

Ich glaubte Tolik kein Wort, zu Recht, denn er flüsterte jemandem zu: »Hör endlich auf«, und dieser Jemand lachte gedämpft, grob und ungeduldig.

Der Ring der dämlich Lachenden, der erregten Fratzen, zog sich zusammen.

Aber sie waren weit weg.

»Die Nachbarn wollen jetzt telefonieren«, brummte ich gleichgültig (mit einem Kloß im Hals) und legte den Hörer auf, nachdem ich höflich »tschüss, Lenka« gesagt hatte.

Tolik rief noch einige Male an, lud mich ins Kino und auf die Eisbahn ein, und ich murmelte immer wieder »wozu, Lenka«.

»Wozu-wozu«, antwortete der freche Junge Tolik und lachte.

Tolik, das Genie, das Wunderkind, wusste genau, wie er die unglückliche Liebe eines anderen ausnutzen, er fühlte, wie er sie für sich benutzen konnte – aber der Kreis der wie Tiere Lachenden, der Kreis der zum Würgen bereiten Finger schloss sich nicht um das Mädchen, er war dort geblieben, im Wald, dort, im verzauberten Reich der unreifen Stachel-beeren.

KREISE AUF DEM WASSER

Es ist allgemein bekannt, dass der Mensch nur ein Leben hat. Aber alles hängt davon ab, wie man dieses Leben beleuchtet, wie man es auslegt – da kann es nämlich passieren, dass ein ganz anderes Leben dabei herauskommt, sozusagen ein zweites, ein Parallelleben. Das heißt, wir sehen die eine Seite, doch begreifen plötzlich, dass wir eigentlich nichts gesehen haben und alles ganz anders ist. Nicht einmal so, wie man es uns weismachen wollte. Genau das ist wichtig.

Eine Mutter erklärt zum Beispiel (sehr ausführlich) anderen Leuten das Leben ihrer Tochter auf ihre Weise, aber man könnte auch die Tochter erzählen lassen (allein das wird nicht klappen).

Aus der Sicht der Mutter wurde die Tochter schon mit dreizehn verrückt, schon damals begann der Schrecken – die nächtlichen Angstträume und die Schreie.

Hier eine Beschreibung der Mutter: zielstrebig, akkurat, alles ordentlich und sauber, den Mann hatte sie aus dem Haus gejagt. Das ganze Leben träumte sie vom Ballett, in der Kindheit musste sie einige Jahre in einen Volkstanzzirkel gehen, da sie, wie ungerecht!, nicht in die Ballettschule des Bolschoi-Theaters aufgenommen worden war.

Sie hatten dort irgendwas von einer ungenügenden Schwingungsweite im Hüftgelenk gesagt.

Weiter: Bekam eine Tochter mit einer ausgezeichneten

Schwingungsweite in den Hüftgelenken. Aber andere Zeiten hatten begonnen, und auch sie wurde nicht in die Ballettschule des Bolschoi aufgenommen (nun ging es um eine bestimmte Geldsumme). Aus lauter Abscheu unternahm die Mutter nichts dagegen – es gab ja nun genügend andere Ballettstudios.

Die Mutter besaß ein paar treue Freundinnen, von denen gingen Informationen in die Welt wie Wellen, die sich vom Zentrum ihrer Erregung kreisförmig auf dem Wasser ausbreiteten: und zwar Informationen über die in den vier Wänden eingesperrte Tochter, bei der, wie die Mutter ja vorausgesagt hatte, eine latente Schizophrenie diagnostiziert worden war.

Dann das Schlimmste: Die Mutter brachte das Mädel zum Arzt, mit dem sie vorher alles abgesprochen hatte, aus dem Behandlungsraum wurde die Tochter, ein pubertäres widerspenstiges Ding, erst über den Flur geführt, dann durch eine Reihe von sich hinter ihr schließenden Türen, angeblich ins Labor, und erst am Ende des Weges, als der nächste Arzt ihr wieder die gleichen Fragen nach den nächtlichen Ängsten stellte und die Patientin dann in die Hände der Krankenwärterin gab (die einen Dietrich in der Hand hielt) und diese die Kranke am Ellenbogen fasste und in das Krankenzimmer Nr. 6 führte, erst da soll die Kranke, so der Arzt, zu schreien begonnen haben, man soll sie nicht mit diesen Pfoten anfassen (»Fass mich nicht mit deinen dreckigen Pfoten an«, hat sie wörtlich gesagt), und danach soll sie sich aus den Armen aller Leute dort gewunden haben, sie habe sich zu Boden geworfen, so der Arzt, und geschrien und sei über und über nass gewesen von Tränen und Rotz, regelrecht glitschig war sie, sagte der Arzt, und erst da war wirklich bewiesen, dass alles stimmte, was die Mutter den Freundinnen und Ärzten klarmachen wollte: Unberechenbare Überreaktionen, unnormales aggressives Verhalten usw.

Schließlich band man ihre Arme zusammen, gab ihr eine Spritze und brachte sie nach der Konsultation vorläufig in die geschlossene Abteilung der Psychiatrie, damit diese 13jährige, sobald sie wieder zu sich käme, in ihrer Raserei nicht die Bettnachbarinnen im Krankenzimmer zu Krüppeln schlug, dort lagen nämlich kleine Mädchen, die nicht bei Sinnen waren, stellt euch das vor.

Später dann, nach der Anstalt, breiteten sich wieder Kreise auf dem Wasser aus, die Mutter berichtete ihren Freundinnen, dass das Mädchen wieder in die Schule ging, und zwar nicht nur in eine, sie hatte auch Erfolge beim Ballett, unbestreitbare Fähigkeiten (»Bei einem durch und durch pathologischen Charakter«, fügte die Mutter hinzu, »das heißt, sie ist störrisch, hat in der neuen Gruppe keinen Kontakt zu den anderen Mädchen, ist frech zu den Pädagogen, wir müssen oft das Studio wechseln.«)

Zwar hatte die Mutter selbst das ersehnte Ziel nicht erreicht, aber vom Ballett wusste sie alles und lenkte mit eiserner Hand die Tochter auf den Wegen der Kunst, achtete streng auf die Trainingsstunden, war mehrfach Mitglied des Elternrates verschiedener Schulen und Studios, bereitete sogar fremde Abschlussfeiern mit vor (die eigene erlebte das Mädchen nicht mehr) und ging zu allen Aufführungen von Galjas Ballettklasse, wobei sie streng die Fehler ihrer Tochter beobachtete und sich über Zweien aufregte.

Obwohl die Mutter auf Arbeit sehr eingespannt war, kontrollierte sie jeden Tag Galjas Hausaufgaben und rügte die Tochter streng.

Auf Anweisung der Mutter beugte sich Galja zu Hause mehrmals am Tag an der Stange auf und nieder, die extra im Flur der Wohnung angebracht worden war, und weinte jedes Mal, wenn die Mutter ihr vorwarf, Ljuba und Nina zum Beispiel hätten eine größere Schwingungsweite im Hüftgelenk, nur bei ihrer Familie habe sich die Natur diesen Fehler erlaubt!

Mangelnde Genauigkeit bei den Prüfungen – das war Galjas Geißel, ihr unterlief immer irgendwo ein Fehler.

Geschrei und Geheul und Tränen jeden Tag.

Und erbarmungslose Kontrolle, nicht die geringste Nachsicht.

Es gab ein Ziel vor den Augen (die Mutter setzte sich immer ein Ziel) – ein Wettbewerb, der fürs Fernsehen aufgezeichnet werden sollte, Galja war ja mit ihren 13 Jahren schön wie eine Göttin, eine früh aufgeblühte Knospe, die nach einem zarten und kargen Frühling einen üppigen und langen Sommer versprach.

Die Mutter dachte viel über Galjas Zukunft nach, wie das Mädel im Leben zurechtkäme. Es gibt ja wahrlich nicht wenig Beispiele dafür, wie eine schöne junge Ballerina in Shorts und mit halb entblößter Brust, mit fliegenden Haaren von der Farbe reifen Roggens ein Filmstar wurde!

Die familiär bedingten Fehler würden keinem auffallen, sie würden ja bei der Montage des Films korrigiert werden, alle Fernsehstationen arbeiteten mit diesen Mitteln, außerdem seien das keine Fehler, sagte die Mutter: Wir durchlaufen gerade die harte Schule der Kindheit.

Zur Neujahrsfeier sollte ein neues Repertoire fertig werden: ein Kosakentanz, ein moldauischer Volkstanz und eine ukrainisch anmutende Solonummer (Das Ballettstudio war an ein kleines Folkloreensemble angeschlossen, so tief waren sie gesunken!). Und überall hat sie Fehler gemacht!

Wenn das so weitergeht, dann kannst du dich gleich vom Wettbewerb verabschieden, redete die Mutter auf die Tochter ein.

Wie zum Trotz beschwerte sich das missratene Mädchen, dass sie aus Angst, einen Fehler zu machen, verunsichert sei. Mit dieser Losung auf den Lippen hörte sie überhaupt auf, an der Stange zu trainieren, zu den Übungsstunden kam sie eine gute halbe Stunde zu spät, die Pädagogin schlug Alarm, und die Mutter redete eindringlich auf Galja ein. Das Examen liegt vor dir!

Da behauptete Galja doch steif und fest, sie werde auf der Neujahrsvorstellung nicht tanzen, und heulte.

»Gut«, sagte die Mutter, »bitte, dann musst du dir vom Arzt eine Befreiung geben lassen, sonst wirst du ganz aus dem Studio geschmissen. Und ich hab dich mit soviel Aufwand reingehievt, du Bauerngrazie, sie haben Schlange gestanden!« – »Nein, ich will nicht, ich will nicht«, gab Galja störrisch von sich (sie schrie), buchstäblich blind vor Wut.

»Psychopathin«, sagte die Mutter, »Psychopathin, ich rede mit dir, Psychopathin.«

»Selbst Psychopathin, alte Ziege«, schrie die Tochter.

Die Mutter wurde plötzlich ruhig, ließ Galja in Frieden (obwohl sie sie im Innern anschrie, nicht nur du bist wichtig, ich hab jeden Tag in dein Ballett unheimlich viel Kraft investiert, vom Geld ganz zu schweigen – so erzählte sie es später ihren Freundinnen), und wieder breiteten sich die Kreise auf dem Wasser aus.

Nach einer Woche aber – die war kampflos vergangen – überredete die Mutter Galja (»Bleibst eine Weile mit der Befreiung zu Hause, da kann auch ich mich von der Schande erholen.«), zum Arzt zu gehen.

Sie betraten die Klinik durch einen Eingang, an dem ein Schild mit der schrecklichen Aufschrift »Psychoneurologische Fürsorge« hing, Galja wollte schon stehen bleiben, aber die Mutter sagte ihr, dass sie nur hier eine Bescheinigung wegen Erschöpfung bekomme, denn krank sei sie ja nicht. Galja widersprach, sie brauche keinen Schein, sie gehe da nie wieder rein, und die Mutter seufzte: »Jetzt geht das wieder los, denk mal an mich!«

Aus irgendeinem Grund gehorchte Galja plötzlich und ging rein, dann fing alles wieder von vorn an und endete wieder mit der geschlossenen Abteilung.

Galjas Mutter erwies sich übrigens als opferbereit – Geldgeschenke, Blumen, Gespräche mit den Ärzten, Geschenke von einer teuren Kosmetikfirma, Konzertkarten, alles. Die Wellen auf dem Wasser zogen Kreise, die Freundinnen waren begeistert vom Mut und der Standhaftigkeit, mit der die arme Mutter einer verrückten Tochter ihr Kreuz trug.

Mehr noch, die Mutter holte Galja sogar früher als vereinbart aus der Anstalt. Das Mädel kam ihr doch allzu niedergedrückt vor.

Die Ärzte hatten sich die größte Mühe gegeben, aus dem hübschen, außergewöhnlichen, wenn auch jähzornigen jungen Mädel ein Monster unbestimmter Gattung zu machen, eine gehorsame Dickmadam, mit Doppelkinn, Wampe und Elefantenbeinen. Die Dickmadam, die in ihren eigenen Backen ertrank, schaute mit trübem Blick auf die Welt und antwortete apathisch auf Fragen.

Diese Verwandlung war während der Quarantäne passiert, die 30 Tage wegen einer Grippeepidemie gedauert hatte.

Die Mutter vergoss eine Träne und sackte gegen Unterschrift ihr aufgedunsenes Monster ein, und sie vollbrachte – welch Heldentat! – regelrecht ein Wunder. Sie joggte jeden Tag eine Stunde mit ihrer Dickmadam, engagierte eine Masseuse, gab Galja morgens was zu essen, bevor sie zur Arbeit ging, und abends, wenn sie wiederkam. Der Kühlschrank war leer, eine geniale Idee.

»Ich bin schlecht«, rief die Dickmadam immer wieder. »Ich muss weg.«

Akkute Schizophrenie nennt man sowas.

Galjas Mutter konnte ihre Arbeit nicht hinschmeißen, aber sie richtete es so ein, dass die Schüler zu ihr nach Hause kamen, damit sie rund um die Uhr die Kontrolle behielt.

Die Schüler behandelten das arme Wesen, das sich schwerfällig an ihnen vorbeischleppte, wenn es beispielsweise in die Küche ging, liebevoll und zuvorkommend. Den mühevollen Weg in die Küche hätte sie sich allerdings sparen können – im Kühlschrank war nur Kefir. Sie trank ihn aus und bekleckerte sich dabei die Brust, aß rohes Gemüse, Mohrrüben und Weißkohl, und das alles vor den Schülern: schnurps-schnurps – schmatz, schmatz – njam, njam, die Fresse auf und mampf-mampf.

Die Dickmadam wollte nicht lesen, nur fernsehen, und keine Medikamente wollte sie einnehmen, aber die Mutter zog sich genial aus der Verlegenheit und spritzte in den Kefir eine wirksame Dosis Beruhigungsmittel.

Ein halbes Jahr musste vergehen, bis ihre früheren Formen zurückkehrten, Magerkeit, Schönheit, Alpträume. Dann war wieder die geliebte Klinik an der Reihe. Aber die kluge Mutter (man kann sie nur rühmen) gab sie nun nicht mehr her, sondern brachte das Mädchen zum Arzt in dieselbe Ambulanz und nahm sie gleich wieder mit. So hat sie ihr beigebracht, wie man keine Angst mehr hat.

Nur das erste Mal war es schwer, Galja wehrte sich, da musste sie was in den Kefir spritzen, die anderthalbfache Menge, und ihr ein Eis versprechen.

Da erst bewegte Galja sich, mit ihren betäubten Sinnen, die Ärzte waren mit ihr zufrieden und diagnostizierten einen Fortschritt.

Noch viele Wellen breiteten sich aus, Berichte am Telefon – und dann geschah es, dass die Kranke den Trick mit dem Kefir ahnte und überhaupt zu essen aufhörte. Das heißt, sie hatte im Mülleiner eine Spritze mit Kefirspuren an der Nadel gefunden: diese schlaue Bestie! Oder die Mutter war nicht vorsichtig genug gewesen.

Es begann eine neue Etappe des Kampfes – der Hungerstreik. Galja misstraute der Mutter mit der unbändigen Phantasie einer routinierten Schizophrenikerin und hatte Angst, auch nur einen einzigen Bissen in den Mund zu nehmen, ganz zu schweigen davon, dass sie sich wie ein Mensch hingesetzt und gegessen hätte. Da musste sie wieder gewaltsam eingewiesen werden. Zwei Krankenwärter kamen.

Galja weinte bitterlich, als sie sich in ihre Arme begab, still weinte sie, das Vieh begriff, wenn sie sich wehrte, käme sie wieder in die Geschlossene.

Offenbar hatte sie sich diese Irrenanstalt fürs ganze Leben gemerkt.

So ist diese ganze Geschichte passiert: Galjas Mutter im Kreis ihrer treuen, verständnisvollen Freundinnen, und das junge 16jährige hübsche Ding, mager wie ein Skelett, Wunde und Geißel der Mutter.

In der Klinik wurde sie ohne Rücksicht auf Verluste ruhiggestellt und zwangsernährt, doch Galja hatte den Dreh raus, sich den Finger regelrecht in den Magen zu stecken und zu erbrechen. Das fiel dem Personal auf, da band man sie und ernährte sie mit einer Sonde durch die Nase.

Das alles legte man der Mutter dar, und die Arme war nicht davon abzuhalten, das Kind wieder einzusacken. Sie nahm die Warnung der Ärzte nicht ernst und holte ihr Kindchen aus dem Krankenbett wieder heim (die Ärzte schauten sie dabei mit scharfem Profiblick an).

Achtung, auch das ist wichtig: Nachdem sie alle Papiere ausgefüllt hatte und gehen wollte, sagte die Stationsärztin ihr noch schnell (angeblich um sie zu beruhigen), dass es außerhalb der Klinik weitaus mehr psychisch Kranke gebe (»unsere Kranken«) als innerhalb der Klinik. Und dass sich immer die ganze Familie behandeln lassen müsse.

Nicht nur die Töchter, sondern auch die Mütter, betonte sie voller Sorge.

Das sagte sie vieldeutig beim Abschied und ging schnell weiter, offenbar fürchtete sie sich vor einer gerechten und gehässigen Antwort, dass nämlich so mancher eine sofortige Behandlung brauche – und diese Antwort kriegte sie tatsächlich.

In der Tür rief Galjas Mutter, die Schizophrenie sei eine ansteckende Krankheit, das wisse jeder, auch Ärzte seien davor nicht gefeit, und sie wummerte mit der Faust gegen die Tür und verließ mit ihrer Tochter für immer diesen Ort, schneller noch als die Ärztin, weil sie begriff, dass die Ärzte dort selbst alle verrückt waren und die goldene Mitte nicht finden konnten, die Balance – die unruhigen Fälle könnten doch mit Medikamenten von ihrer Hyperaktivität geheilt werden, andererseits könnten aber durch noch andere Medikamente ihre Persönlichkeit und ein gewisser Gemütszustand bewahrt werden, die Patienten dürften nicht so entlassen werden, wie sie es mit Galja gemacht hatten – als wiederkäuendes Monster.

»Die sind total unfähig«, sagte die Mutter am Telefon.

In der letzten Etappe erlaubte sie Galja alles.

Das Mädchen lungerte auf der Couch herum, lief umher, verweigerte das Essen wie ein verängstigtes wildes Tier, das in Gefangenschaft geraten ist. Las nicht, hörte keine Musik und strapazierte schon gar nicht ihre Übungsstange.

Ein Privatpsychiater kam, unterhielt sich lange mit ihr (nicht sie mit ihm) und ließ Tabletten da. »Mach damit, was du willst«, sagte er.

Es endete so, wie es enden musste.

Hier ist nicht mehr viel zu erzählen, über dem Schreibtisch von Galjas Mutter hängt ein Foto von ihr mit einer schwarzen Schleife am Rahmen: Schön wie eine Fee steht ein kleines blondhaariges Mädchen im Ballettrock und mit hoch erhobenem Köpfchen da, große Augen, auf dem Kopf ein kleiner Kranz wie bei einer Braut.

Aber das hat sie nicht mehr erlebt. Sie ist die Schöpfung ihrer Mutter gewesen, ihre Zucht, das Produkt ihrer Hände, ihr Geschöpf von oben bis unten – aber nein, sie ist gegangen, hat sich losgerissen, so wie sie sich fast alle losreißen und gehen. Doch sie ist anders gegangen.

Die Kreise auf dem Wasser, das ist's gewesen.

MILGROM

Ein junges Mädchen näht sich zum ersten Mal im Leben ein Kleid, drei Meter billiger Stoff sind gekauft, ein Rubel und ein paar Kopeken der Meter, aber wunderbares Material, schwarz mit bunten Kringeln, wie ein nächtlicher Karneval.

Das Mädchen ist erstens eine arme Studentin. Und zweitens ist sie gerade der Schulhaut entschlüpft, und zwar im wahrsten Sinne des Wortes: Aus den Ruinen der alten braunen Schuluniform hat sie sich einen Rock gemacht, unförmig, schief und krumm, aber mit dem Kleid ist es vorbei.

Für den Frühling ist dieser Rock gleichfalls ungeeignet, draußen ist Mai des Jahres Neunzehnhundertwirrezeit, heißer Frühling und nichts zum Anziehen.

Drittens, die kleine Studentin, die über den Seiten »Selbstgenähtes« aus der Frauenzeitschrift schwitzt (Brustumfang, irgendeine Hälfte des Vorderteils usw.), versucht den Stoff zuzuschneiden, und erleidet ein völliges Fiasko.

Das Kleid ist hin, die Arbeit, die drei Rubel und ein paar Zerquetschte, futsch, und sie kriegt nur 23 Rubel Stipendium.

Da tritt mit mächtigem Schritt die Frau Mama auf den Plan, die Mama hat sich das ganze Leben alles von einer Scheiderin nähen lassen, bis schwere Zeiten anbrachen, das Fräulein Tochter wurde 18, und die Alimente blieben aus.

Die Schneiderin entfiel also, und die Mama überlegt nun selbst, was tun, aber das Problem war: kein Geld.

Kein Geld, das Mädchen 18, draußen heißer Mai, wie er nur einmal in 100 Jahren vorkommt, Prüfungszeit, die Tochter aber liegt buchstäblich hinterm Schrank (da steht ihr Bett) und heult.

Die Mama ruft ihre weise ältere Freundin Regina an, eine polnische Jüdin aus dem Stamm der Moskauer Frauen (der neuen) der Dritten Internationale, die gesamte Kommunistische Internationale floh nämlich in den 30er Jahren heimlich aus den Ländern, aus der Illegalität, über Berge und Meere in die UdSSR, heiratete noch einmal in Moskau in der Emigration, um dann mit der Asche der Stalinschen Lager im Himmel zu verschwinden. Regina kehrte, als sie die Verbannung im kasachischen Karaganda hinter sich hatte, siegreich heim, erhielt ihre frühere Wohnung in der Gorkistraße zurück, und die Mutter der Studentin, die in ihrem Leben auch schon einiges erlebt hatte, schloss sich, um bei ihr Lebensweisheit zu lernen, an Regina als die ehemalige Freundin ihrer eigenen Mutter an, die in diesem Frühling ebenfalls aus fernen Gegenden zurückerwartet wird.

Reginas Kleider haben Warschauer Schick, mit ihren sechzig Jahren hat sie noch Kavaliere, und sie hört der ratlosen Mama der Studentin verständnisvoll zu. Regina hat eine Frau, die ihr hilft, Riwa Milgrom, Regina ist eine europäische Dame, weiche, weiße Hände wie bei einer Zarin, im Haus herrscht Ordnung, und Milgrom kommt helfen.

So nennt man sie, Milgrom, nach Parteisitte nur mit dem Nachnamen.

Also, Milgrom besitzt eine Singer-Nähmaschine, und das Mädchen geht durch die brütende Hitze zu ihr, im braunen Wollrock bekannter Herkunft (Mama hatte ein Kleid, das sie trug, bis es gelbe Halbmonde unter den Achseln hatte, die Tochter musste das Ganze in der Schule abtragen und konnte sich nie melden, die Hände immer an der Hosennaht, Höllenqualen, schließlich wurde das Oberteil mit den verschwitzten Achselhöhlen abgeschnitten und weggeworfen, obwohl die Mutter protestierte – man hätte noch eine Weste draus schneidern können, aber das Kind rannte zum Müllschlucker und warf das Oberteil hinein, dafür blieb ein unförmiger Rock zurück, in dem sie nun schief und krumm durch die Maihitze geht.) und mit einem Bündel.

Um den ungeschickt abgeschnittenen, schlecht zusammengenähten Bund zu verdecken – die Stiche sind schief, und die Ärmel ragen an der falschen Stelle heraus –, trägt sie überm Rock einen Pulli der Mutter, wieder mit dunklen Stellen unter den Achseln, also erneut Hände an die Hosennaht.

So läuft die Studentin wie ein frisch einberufener Soldat, mit gesenktem Kopf auf die grünen Winterschuhe mit den dicken Absätzen blickend, die Hände an der Hosennaht, dabei ist sie schon mitten im Zentrum, an den Patriarchenteichen, es riecht nach zartem Maigrün, an ihr vorbei schlendern junge Leute und gehen stolze Mädchen in Sommerkleidern.

Milgrom empfängt die Kundin in ihrem Zimmerchen ganz oben, unter dem brennenden Moskauer Himmel, beinahe schon auf dem Dachboden, die stille Milgrom, große, feuchte Augen, sehr weiße Haut und kein einziger Zahn mehr, die Nase hängt herunter, dafür ragt das Kinn wie ein kleiner Korb nach vorn, Milgrom sieht schon wie eine alte Frau aus.

Die Nähmaschine ist hochgeklappt, das Zentimetermaß leuchtet, und die stille Milgrom beginnt mit einer langen Erzählung (wobei sie den berüchtigten Brustumfang notiert) über ihr Söhnchen, den hübschen Sascha.

Sascha war so hübsch, dass die Leute auf der Straße stehenblieben, einmal wurde er sogar für eine Pralinenschachtel fotografiert.

Das Mädchen entdeckt an der Wand das Foto, auf das Milgrom mit dem Finger zeigt, nichts Besonderes, ein kleiner Junge im Matrosenanzug, große, schwarze Augen, eine schmale, elegante Nase, die Oberlippe ragt ein bisschen über die Unterlippe. Ein rührender Lockenkopf, aber mehr nicht. Für einen Engel sind die Lippen zu schmal, er hat den Mund von Milgrom.

Im besagten Zeitraum denkt das Mädchen noch nicht an ein Kind, ja, sie hat noch nicht einmal einen Freund, einen Verehrer, Kavalier, ungeachtet ihrer soliden 18 Jahre.

Nur Wissenschaft, Wissenschaft, Prüfungen, Bibliothek, Mensa, plumpe grüne Schuhe, der braune Wollrock und der Pulli mit den verschwitzten Achseln der Mutter, schrecklich, es auszusprechen.

Das Mädchen schaut gelangweilt zur Wand und erblickt noch ein weiteres Porträt, offenbar die Vergrößerung eines Passfotos, denn es hat einen Stempel, das Porträt eines schwächlichen Offiziers mit großer Schirmmütze.

Hier ist Sascha bereits erwachsen geworden, während sie den Taillenumfang gemessen, alle Maße notiert und kritisch die schief und krumm geschnittenen Stoffstücke für drei Rubel 20 betrachtet haben, und er hat geheiratet, und es ist die Enkeltochter Assja Milgrom geboren worden.

Weiter, die alte Milgrom beruhigt die Studentin, nicht sie allein sei so ungeschickt, Milgrom selbst sei in ihrer Jugend ein Trottel gewesen, habe nichts fertiggebracht, weder Spiegeleier, noch Suppe, noch Windeln wechseln, dann habe sie es gelernt: Das Leben hat es ihr beigebracht.

An einer bestimmten Stelle der langen und stolzen Erzählung über Sascha muss das Mädchen gehen, das Kleid aber bleibt und wird morgen fertig sein.

Drei Tage später macht sich die Studentin, die Angst hat, in ihrem entsetzlichen Aufzug auf die Straße zu gehen, und weder richtig waschen noch bügeln noch nähen kann, endlich mit verheulten Augen zu Milgrom auf und sagt zur Mutter: »Ich gehe zu Milgrom.«

»Sie ist unglücklich«, entgegnet ihr die Mutter, »sie hat so ein unglückliches Leben gehabt, diese Milgrom! Ihr Mann hat sie buchstäblich rausgeschmissen, als sie jung war, hat ihr das Kind weggenommen, das kleine Kindchen, und ihr nicht erlaubt, es zu sehen, das heißt, wie rausgeschmissen: Erst hat er Milgrom aus einem litauischen Dorf geholt, sie war von unglaublicher Schönheit, 16 Jahre, konnte aber kein Wort Russisch, nur Jiddisch oder Polnisch, und dann hat er sich scheiden lassen, damals ging das, ganz frei, bist hin und hast dich scheiden lassen. Er hat eine andere in sein Zimmer mitgebracht, zu Milgrom hat er gesagt, sie soll gehen, und sie ging. Sie war 18. Milgrom hat fast den Verstand verloren, tags und sogar nachts hat sie auf der Straße gestanden, gegenüber ihrem früheren Fenster, um das Kind zu sehen, und Regina hat sie gefunden, Milgrom hat auf dem Boulevard gelegen und war schon ganz schwarz, Regina ist doch immer für alle Unterdrückten eingetreten. Sie hat sie im Krankenhaus untergebracht und dann als Hausangestellte zu sich genommen, Milgrom hat bei ihr auf dem Korridor geschlafen. Als Regina dann verhaftet wurde, ist Milgrom in eine Nähmaschinenfabrik in die Lehre gegangen und hat sich ein paar Kopeken für die Rente verdient, und das Zimmer haben sie ihr gegeben.«

Das Mädchen hört zerstreut zu, dann geht sie zu Milgrom, ohne die Information verinnerlicht zu haben, sie sieht wieder die Kammer unterm Dach, in der man bei dieser Hitze von dem süßlichen Geruch alter Wollsachen förmlich erstickt.

Alles schmilzt in den Strahlen des heißen Sonnenunter-
gangs, Milgrom holt die Tassen raus, trägt den Wasserkessel
aus der Küche ins Zimmer, und sie trinken Tee und essen
schwarzes, gesalzenes Dörrbrot dazu, der Luxus armer Leute.

Milgrom erzählt wieder stolz von ihrem Söhnchen
Sascha, ihr strahlendes Gesicht ist zur Wand gerichtet, wo
die beiden Fotos hängen, und das Mädchen überlegt, wenn
Mama recht hat, woher hat Milgrom dann die Fotos?

Der erwachsene Sascha schaut von der Wand herab, verschlossen, kalt, ein Porträt für den Offiziersausweis, die
Schirmmütze hängt wie ein Sattel über seinen großen
schwarzen Augen, hier sieht er seiner Mutter schon sehr
ähnlich.

Mit welchen Tränen, welchen Worten hat Milgrom ihren
Sascha dazu gebracht, ihr die Fotos zu schenken?

Milgrom seufzt vor ihrer Klagewand glücklich auf und
teilt dann freudig mit, daß Assja bereits ihren ersten Zahn
verloren hat: Bei Milgroms ist es wie bei anderen Leuten.

Das Mädchen zieht das Kleid an, betrachtet sich im Spiegel, flieht vor dem süßlich-muffigen Geruch an die Luft, in
den Sonnenuntergang, geht an vielen Fenstern und Haus-
eingängen vorbei, wo, wie ihr scheint, lauter Milgroms wohnen, sie trägt ihr neues, kühles, schwarzes Kleid, und ist
überglücklich. Sie ist voller Freude, und Milgrom ist voller
Freude für ihren Sascha.

Das Mädchen steht am Anfang ihres Weges, sie geht ihn
in ihrem neuen Kleid, die Leute schauen ihr nach usw., in
fünf Jahren wird ein junger Mann mit einem Rosenstrauß
vor ihrer Tür stehen, den hat er nachts irgendwo abgerissen – wogegen Milgrom am Ende steht, aber es kann die Zeit
kommen, da das Mädchen in einer gänzlich anderen Gestalt am Ende der Malaja Bronnaja auftaucht, sie wird in
der Tasche die Fotos ihres erwachsenen Sohnes mit sich tra-

gen und auf einer Bank an den Patriarchenteichen stolz von ihm erzählen, ihn noch einmal anzurufen, wagt sie nicht, und er selbst hat keine Zeit dazu.

Das schwarze Kleid schimmert auf der maihellen Malaja Bronnaja im leuchtenden Abendrot, vorbei, der Tag verlischt. Milgrom, die ewige Milgrom, sitzt inmitten der alten Wollsachen in ihrem Altfrauenzimmer wie die Hüterin im Museum ihres Lebens, wo es nichts gibt außer schüchterner Liebe.

III. Die Geburt einer Familie

GELOBT SEI DIE FAMILIE

Hier der kurze Gang der Ereignisse:

1. Ein Mädchen, Sekretärin und Abendstudentin, sehr hübsch, hochgewachsen, große Augen, schlank, aus guter Familie, allerdings war die Mutter in eine Geschichte verwickelt.

2. Die Mutter ihrerseits war uneheliche Tochter und Frucht einer ganzen Familie, und zwar:

3. Es waren zwei Schwestern, eine war verheiratet, die zweite erst 15, der Mann der älteren Schwester stellte was an, das heißt die 15jährige wurde schwanger, der Mann erhängte sich, die 15jährige Schwester gebar eine Tochter, die Tochter des Erhängten, die ihr verhasst war.

4. Aber diese Tochter wurde erwachsen, heiratete erfolgreich und gebar in der Ehe, wie es sich gehört, wiederum eine Tochter:

5. und zwar diese Sekretärin und Studentin, Alla. Alla wurde erwachsen und ließ sich im Alter von 15 Jahren mit Männern ein, die Mutter verzieh ihr das nicht und schimpfte und weinte, dann wurde sie langsam verrückt. Außerdem bekam sie eine Krankheit mit übler Prognose:

6. völlige Lähmung. Alla hatte eine sehr schlechte Beziehung zu ihr, weil:

7. diese Alla von ihrer 15jährigen Großmutter erzogen worden war, die ihre Tochter – Allas Mutter – hasste (siehe Punkt 3), sie war nur 15 Jahre älter als diese und schon mit

35 Großmutter geworden und hatte die kleine Enkelin zu sich in die Provinz geholt, davor hatte sie dort einsam mit einem alten Mann gelebt, der ihr Onkel war (der Bruder der Mutter), und

8. vielleicht gab es da ja auch eine Geschichte, die Verbindung eines 55jährigen mit seiner 35jährigen Nichte (Es waren nur diese beiden übrig geblieben nach allen Wirrungen, Kriegen, Verhaftungen, Scheidungen, natürlichen und unnatürlichen Todesfällen, sie waren die einzigen verwandten Seelen in der kleinen Stadt.).

9. Und dann kam noch die kleine Alla zu ihnen, die fürchterliche Angst davor hatte, dass ihre leibliche Mutter sie wieder zu sich holt, mit sieben Jahren hatte sie sogar einen schrecklichen Traum: Ihre Mutter Jelena Iwanowna war die Hexe Baba-Jaga, aber

10. was sollte sie machen, die Mutter hatte Sehnsucht nach ihr, der Vater (Mitarbeiter eines wissenschaftlichen Instituts) ebenfalls, und nach dem schrecklichen Traum wurde das Mädchen von der Mutter, die die Siebenjährige hasste (und die Tochter hasste die Mutter, die von deren Mutter, ihrer Oma, ebenfalls gehasst wurde, Hass von beiden Seiten), geholt und eingeschult, und das Ergebnis war,

11. dass nach 40 Jahren sie, die bereits erwähnte Jelena Iwanowna, die in dieser Generationskette in der Mitte stand, allmählich an Körper schwächer und an Geist härter wurde, und dann kam noch ihre Alla, ihre Tochter, und gebar ein Kind ohne Ehemann. Allas Mutter ging nach der Entbindung der Tochter absolut krumm und gebeugt, versuchte Windeln zu waschen, aber nur mit Mühe und mit Wut: Sie hatte kein Geld, Jelena Iwanowna lebte von ihrer kümmerlichen Invalidenrente, der Mann war inzwischen gestorben, und die Tochter Alla arbeitete ebenfalls nicht und verdiente nichts, da sie gerade ein Kind geboren hatte

(ebenfalls eine Tochter namens Nadja). Das Gespenst der Vergangenheit schwebte über dem Haupt der unentwegt zur Erde niedergebeugten Jelena Iwanowna, die ganze schreckliche Geschichte ihres unehelichen lieben Vaters, der in der Schlinge umgekommen war, und das Gespenst der stets verschlossenen 15jährigen Mutter hingen über ihr, über ihrem zitternden Organismus, Jelena Iwanowna triezte Alla, wo sie nur konnte, und Alla saß an Nadjas Bettchen und versuchte krampfhaft nicht zu weinen. Es war nämlich so, dass

12. Nadja zwar einen Vater hatte (wie alle), aber der lebte mit Alla nur so zwischendurch, Alla war für ihn so etwas wie eine alte lästige Geschichte, Alla hatte schon zwei Aborte mit ihm hinter sich, und Anfang Februar brachte er (der Vater des zukünftigen Kindes, Viktor, der sich für den Motor des kommenden Aborts hielt, mehr nicht) Alla wieder einmal mit dem Taxi ins Krankenhaus, bat den Taxifahrer zu warten, begleitete Alla auf die Station, küsste sie auf die Wange und ging, ihre Sachen aber nahm er nicht mit wie bei den vergangenen Malen, er fuhr einfach mit dem Taxi davon,

13. und Allas Sachen waren bei ihr geblieben. Alla, die im Krankenzimmer auf ein Bett gelegt worden und nun in Gesellschaft schlafender Frauen zurückgeblieben war, dachte die ganze Nacht angestrengt nach, sie überlegte, dass sie schon 24 sei, bald 25, das Leben war zu Ende, es würde nichts mehr kommen. Viktor war gegangen. Sie hatte niemanden mehr, nur noch oberflächliche Bekannte und verheiratete Freunde waren ihr geblieben –

14. überlegte Alla nüchtern und trocknen Auges und umarmte gegen Morgen plötzlich ihren mageren Bauch mit den hervorstechenden Knochen und begriff, dass sie nicht mehr allein war auf der Welt,

15) und sie verließ am Morgen die Klinik, zog ihre zerknitterten Sachen aus dem Bündel an und ging, tschüss.

16) Viktor aber rief und rief nicht an, Alla legte die Prüfungen ab, ihr Chef hatte Mitleid mit ihr und gab ihr eine Ingenieurstelle, ohne das Diplom abzuwarten, Alla war eine gute Arbeitskraft, eine junge Praktikantin kam wie gerufen, sie erhielt die Stelle der Sekretärin, und Alla wurde versetzt, keiner ahnte etwas von ihrem Bauch, alle dachten, Alla blühe auf.

17) Aber eigentlich hatte Alla selbst um die Versetzung gebeten, sie hatte ihrem Chef leise mitgeteilt, dass sie kein Geld habe, nur die Rente der Mutter, die Mutter sei immer krank, sie müsse Arznei kaufen usw.

18) Von ihrem Bauch aber hatte sie nichts gesagt.

19) Nicht einmal Viktor hatte sie es gesagt, den sie dann einmal im Korridor der Uni traf, er machte ebenfalls gerade seine Abschlussprüfungen und kam selten zur Alma Mater, Alla saß still im Flur, hübsch, mit ihrem durchgeistigten Schwangerenblick, den langen Haaren und dem wundervollen Körper, der in Hose und Pullover verpackt war. Viktor, ein Kerl ohne Grips im Kopf, immer auf der Suche nach kurzer Befriedigung, erblickte seine Alla, taxierte ihre größer gewordene Brust bei schlanker Taille (wie bei Sophia Loren), grüßte, setzte sich neben sie, legte den Arm um ihre Schulter und küsste sie fragend auf die Lippen, als suche er Antwort auf sein immer stehendes Problem.

20) »Guten Tag«, sagte Alla leise, und sie verabredeten sich für ein Treffen nach der Prüfung. Viktor wartete vor der Tür des Hörsaals hingebungsvoll auf sie und nahm die Freundin mit zu sich nach Hause, wo sie leise Viktors Mutter begrüßte, die sie schon lange liebte (Viele Töchter, die ihre Mutter nicht mögen, suchen sie in anderen älteren Frauen.). Und Viktors Mutter, Nina Petrowna, mochte Alla

ebenfalls, denn nur Alla brachte der Sohn viele Jahre mit zu sich nach Hause, ohne ein Geheimnis daraus zu machen, die anderen empfing er heimlich und in dunkler Nacht: Was sollte er tun,

21) die Mutter hätte es nicht verstanden. Alla begrüßte Nina Petrowna still und freudig, Viktor führte das Mädchen zum Schlafen und zum Lieben in seine Kammer, die so schmal war wie ein Handtuch. Viktor fühlte sich in Alla wie zu Hause, alles war gewohnt und vertraut, die Haut, der Geruch, nur ihren Körper erkannte er nicht wieder: Allas Brust sah aus wie die eines Filmstars (siehe Punkt 19), der Körper jung und üppig, buchstäblich voller Saft, in voller Blüte. Gierig verschaffte sich Viktor Befriedigung, er genoss Alla wie er konnte und bekannte dann, dass sie ihn in Erstaunen versetze:

22) »Du wirst immer schöner und keine Spur älter«, sagte er ihr im Dunkeln, und dann gingen sie ins Wohnzimmer, Viktor kümmerte sich um den Tee, und Alla sagte ihm:

23) »In letzter Zeit hat sich viel verändert.«

24) »Wer?«, wunderte sich Viktor. Er vermutete bei ihr das Gleiche wie bei sich, das heißt, er dachte, Alla (der prächtige neue Körper) habe einen Liebhaber. »Hast du jemanden?«, fragte er.

25) »Ja«, sagte Alla, und ihre großen dunklen Augen glitzerten, denn sie hatte unwillkürlich eine heiße Träne vergossen. »Ja, mein Lieber, ich habe jemanden.«

26) »Kenn' ich ihn?«, fragte Viktor, Plätzchen kauend (Auch als er das Plätzchen aufgegessen hatte, kaute er automatisch weiter, aber in seiner Seele wuchs bitteres Bedauern und Gier auf die phantastische Alla.). Ich hab's vermasselt, ich Idiot, dachte er, während er Alla mit leeren Augen ansah.

27) »Du kennst ihn nicht, ich liebe ihn so wie dich«, sagte Alla.

28) »Dann lieb' ihn«, entgegnete Viktor, Plätzchen kauend, gedankenlos.

29) »Jawohl, ich werde ihn mein ganzes restliches Leben lieben«, sagte Alla und fügte hinzu:

30) »Wir bekommen ein Kind.«

31) »Wieder ein Kind?«, fragte Viktor ohne Sinn und Verstand. Er saß da und träumte leidenschaftlich davon, allein in seiner Wohnung zu sein, ohne irgendjemanden, ganz allein.

32) Dann dachte er, dass Alla wahrscheinlich einen Trick kannte, wie man sofort nach dem Geschlechtsverkehr eine Schwangerschaft ausrechnen könne, heute wissen die Mädels alles. »Wann ist es passiert?«, fragte er.

33) Sie antwortete sehr seltsam:

34) »Im Dezember!«

35) »Im Dezember?«, fragte er zurück. »Wie das?«

36) Als sie ihm erklärte, dass sie das Kind behalten hatte, konnte er es lange nicht glauben, er knirschte sogar mit den Zähnen, und dann, zwei Wochen später (Bekannte erzählten es Alla), verliebte er sich in eine Traumfrau: gute Familie, gewischte Fussböden, gewachstes Parkett, und unter den Stuhlbeinen Filz, damit das Parkett nicht zerkratzt wird! Und das Mädchen sei wie Gretchen aus dem Faust, blonder Zopf, eine Miniatur im Stil des Mittelalters.

37) Aber dieselben Leute überbrachten Nina Petrowna, dass Viktor ein Kind von Alla bekäme, und Nina Petrowna trat in Streik und ging nicht zu der anderen Hochzeit mit Gretchen, die einen Monat später stattfand.

38) Offenbar hatte Viktor eine Gefahr übersehen, die sich in Allas Schoß versteckte: den Untergang oder gar Ärgeres. Ihre Hülle, die rundlichen Früchte, die zarte Blume der Liebe, dieses feuchte Glänzen auf den Lippen, die blitzenden Zähne, die langen kräftigen Beine – all das war selbst-

verständlich eine Falle: Auf diese Weise hatte Allas Großmutter, das 15jährige Mädchen, unbewusst oder bewusst
(Liebe!) den erwachsenen Mann ihrer Schwester verführt,
und dieser Mann zweier Schwestern und Vater eines Ha-
rems hatte sehr bald früh am Morgen im Wald die Schlinge
geknüpft.

39) Viktor schwankte, da eilte ihm die Liebe zu Hilfe, ein
unbewusster Fluchtreflex, er verknallte sich in seine Traumfrau, aber Allas Bauch wuchs stetig, und zu Viktors Geburtstag brachte Alla ihn (den Bauch) als Geschenk mit (eingeladen war sie übrigens von Viktors Mutter).

40) Um dem Sirenengesang zu entgehen, beschloss Viktor kurzerhand, seinen Schicksalsknoten zu zerschlagen, er
ließ sich in eine kleine, 3000 Werst entfernte Stadt ver-
setzen, als Ingenieur auf einem Bau. Viktor hoffte, dass in
diesen drei Jahren ihn alle vergessen, unter anderem auch
die aufgeblühte Alla, sie würde, als ob ihr Mann gestorben
wäre, einen anderen heiraten, denn alle richten sich schließlich irgendwie im Leben ein, er würde sich zwar auf irgendeine Weise aus dem Leben schleichen müssen (wieder! siehe
Punkt 3), aber die drei Jahre wäre er frei; der Traum vieler –
weggehen und abwarten, was kommt.

41) Am Morgen vor der Abreise (die ganze Nacht hatte er
sich von seinen Freunden verabschiedet, wieder hatte Alla,
jetzt aufgedunsen wie eine Wasserleiche und mit den sträh-
nigen langen Haaren einer Wasserleiche, schrecklich schön
mit ihrem schwarzen Mund, in der Ecke gesessen, war von
Nina Petrowna eingeladen worden, von der Mutter, die Alla
nicht im Unglück sitzen ließ), am Morgen also vor der Abreise wurde Viktor, der allein geblieben war mit einem zu-
fälligen Bekannten aus Kiew, der keine andere Übernach-
tungsmöglichkeit hatte und sich auch bei Viktor nicht
hinlegte, sondern sich mit kostenlosem sauren Wein wach

hielt, Viktor also wurde langsam trübselig und düster, er-schrak vor dem drei Jahre dauernden Ableben (siehe Punkt 40), aber drei Jahre Leben in der Heimatstadt erschienen ihm nicht minder schrecklich, das Leben mit einer Wasser-leiche, bei der alles um das Vierfache aufgedunsen war, buchstäblich alles, vielleicht gefiel das einem anderen, einem werdenden Vater, einem Milchbart, den alles erregt, was ihn an den Akt der eigenen Geburt und des Stillens er-innert: Viktor jedoch liebte (wen überrascht es) eine lang-beinige schlanke Akrobatin, sie führte auf der Bühne das »Gummi-Mädchen« vor, das heißt sie steckte den Kopf von hinten durch einen Ring und schaute die Zuschauer zwi-schen ihren eigenen Beinen hervor mit leicht geweiteten Augen an, auf ihrer Stirn schwoll eine bläuliche Ader, und genau darüber wölbte sich ein bescheidener Venushügel, bedeckt von einem knappen Badeanzug. Nach dieser Vor-stellung stand Viktor wie ein Pfahl vor dem Künstlerein-gang, wartete auf die Akrobatin Shanna und begleitete sie zum Bus, der die Artisten in die Hauptstadt zurückbringen sollte. Das Ganze geschah im Kreiszentrum, in der Provinz, wo Viktor bei einem Freund gesoffen hatte, einem bekann-ten Psychiater, an den er sich aus lauter Trostlosigkeit ge-hängt hatte (zu Hause saß seine stille und freundliche, aber sehr hartnäckige Mutter). Nachdem Viktor also seinen Schatz im Kulturhaus gefunden und sich ihre Adresse hatte geben lassen (Shanna hatte sie ihm ohne Hintergedanken sofort mitgeteilt), fand er gleich am Abend des nächsten Tages die kleine Studentin in ihrem Moskauer Wohnheim, sie kam im Mäntelchen heraus, langbeinig, mit weit auseinander-liegenden Augen und einem kleinen dreieckigen Gesicht, sie gingen ein bisschen auf der septemberlichen Allee spa-zieren, die einzige Belohnung, die Viktor bekam, war ein Kuss auf die kleine seidenweiche Hand der Studentin, auf der die Adern hervortraten wie bei alten Leuten: Kein Gramm Fett schützte Shannas Körper, ihre Hand war wie ein anatomisches Modell, hier die Knochen, da die Sehnen, eine warme Vogelkralle.

42) Mit Shannas Adresse zwischen den Seiten des Passes und einer heißen Träne im Knopfloch ging Viktor nun, gegen den eigenen Widerstand, zum Bahnhof, der betrunkene Bekannte aus Kiew führte ihn wie zur Hinrichtung, und

43) das gesamte nächste Jahr verbrachte Viktor 3000 Werst entfernt im Arbeiterwohnheim, in einem Zimmer zusammen mit einem verheirateten Pärchen, zum Glück waren sie einen Tag nach Viktor in dieses Zimmer gesteckt worden, sie genierten sich sehr, als sie ihn in ihrem Zimmer auf dem Bett sitzen sahen, sie gingen sogar raus auf den Flur, ließen Koffer und Rucksack im Zimmer stehen, gingen raus, um den Fehler aufzuklären: Aber es war kein Fehler, im Bauarbeiterstädtchen gab es keine Unterkünfte, und Viktor machte geduldig mit seinen Jungvermählten den gesamten Zyklus des Kinderkriegens durch, einschließlich der Rückkehr der jungen Frau aus der Klinik, wobei man ihr dort das Kindchen mit einem Ausschlag am ganzen Körper ausgehändigt hatte, sogar der Bauchnabel war vereitert, und der Kopf des Unglücklichen fasste sich wie ein Kaktus an, so viele kleine Pickel saßen darauf: Das war die raue Wirklichkeit, die jungen Leute unterwarfen sich abgestumpft ihrem Los und pflegten den Kleinen mit großer Liebe, tapfer gegen ihr Unglück ankämpfend. Das Kind wurde in Wärme und Fürsorge wieder gesund, Viktor half, wo er konnte, verbrachte ganze Nächte ohne Schlaf und klapperte in der Arbeitszeit bereitwillig alle möglichen Instanzen ab, um für die kleine Familie ein Zimmer zu organisieren: bis er eines Tages den unverhohlen frechen, klaren, hasserfüllten Blick der jungen Mutter auf sich spürte, die gerade das Kind stillte,

Viktor war aus dem kalten Korridor ins Zimmer gestürzt, um sich eine Bescheinigung, für sie wiederum, von ihnen geben zu lassen, buchstäblich von der Straße, im Anorak, zur unpassenden Zeit. Da dachte Viktor: Was habe ich hier eigentlich zu suchen? Gut, ich bin am Sterben, am Selbstmordmachen, aber warum habe ich in diesem drei Jahre währenden Tod nirgendwo Platz!

44) Zumal sich bis dahin schon mehrere Briefchen von Shanna angesammelt hatten, auch von Alla waren viele Briefe gekommen mit Fotos der kleinen Nadja, die, wenn man sich die Grübchen, Löckchen und langen Wimpern wegdachte, Viktor wie aus dem Gesicht geschnitten war, er konnte es drehen und wenden wie er wollte. Außerdem hatte die Mutter, Nina Petrowna, ihm geschrieben, sie schrieb, dass es Alla mit ihrer psychisch kranken Mutter sehr schwer habe, und im letzten Brief teilte sie mit, dass Jelena Iwanowna (siehe die Punkte 1–5) dagegen sei, dass sie, Nina Petrowna, ihre kleine Enkeltochter besuchte, und dass Jelena Iwanowna unaufhörlich und unüberhörbar murmelte, Nina Petrowna habe der kleinen Nadja Waschpulver in den Brei geschüttet!

45) Als Viktor diesen Brief erhielt, war er ernsthaft besorgt, er wurde sogar düster und bekam einen Mordsschreck (obwohl ihn eigentlich nichts mehr erschüttern konnte). Aber offenbar hatte sein freier Zustand in 3000 Werst Entfernung ihm bislang das Leben leichter gemacht: Ich bin aus eigener Entscheidung weggegangen und kann, wenn ich will, zurück. Aber da wurde ihm bewusst, dass er ja gar keinen Ort hatte, an den er zurückkehren konnte: Seine rührselige Mutter Nina Petrowna würde mit ihrem einfachen, gerechten Herzen die kleine Enkeltochter Nadja (den kleinen Viktor) zu sich holen und dazu die Wasserleiche Alla als unumgänglichen Anhang.

46) Und just in dem Moment, als er das dachte, spürte er den Blick der Nachbarin auf sich, von dem man Gänsehaut kriegen konnte, und er begriff, warum diese unglücklichen Leute gegenüber seinen Bemühungen, ein Zimmer für sie zu besorgen, so gleichgültig waren: Ihnen hätte gereicht, wenn Viktor verschwunden, gestorben, weggefahren wäre, sich aufgelöst hätte. Das war ihr sehnlichster Wunsch, nicht ein eigenes Zimmer, für das sich Viktor so abstrampelte, denn das tat er eigentlich für sich, damit er allein leben und Tanja, Galja und Ljuba mitbringen konnte.

47) Außerdem antwortete Shanna nicht mehr auf seine Briefe und ging nicht ans Telefon. Viktor trieb sich die halbe Nacht in der Stadt auf der Post herum, vor der Telefonzelle, er war vor Kälte erstarrt und schlief gleich dort auf einem Stuhl, die Busse zur Bauarbeitersiedlung fuhren erst ab vier Uhr morgens. Als er in seine Baracke kam und im Dunkeln durchs Zimmer irrte, stieß er aus Versehen mit dem Stiefel gegen die Schüssel mit Wasser und weckte alle auf, das Kind fing an zu fiepen, ergeben wie Sklaven standen die Eltern hinter dem Vorhang auf, knipsten die Nachttisch-lampe an, Viktor wischte das Wasser auf, das Kind schrie unersättlich ...

48) Am Morgen gab Viktor den Widerstand auf. Er be-antragte seine Kündigung, als Grund gab er an, er habe während der ganzen elf Monate keine Wohnung bekom-men. Außerdem lockte Shanna ihn mit ihrem quälenden Schweigen.

49) »Ich muss heiraten, es bleibt nichts anderes«, beschloss er gerührt.

50) Da erwartete ihn ein weiterer Schock – so etwas kann sich nur das Leben ausdenken. Gleich in der Betriebsdirek-tion lag ein Telegramm von der Mutter, alles sei in Ordnung, die Ehe mit der Traumfrau, vor einem Jahr geschlossen, sei

in seiner Abwesenheit geschieden worden (die Ehefrau musste wieder heiraten).

51) »Frei!«, hätte Viktor am liebsten gerufen, seine Seele flog zu dem geliebten Geschöpf, zu Shanna.

52) Obwohl, dachte er, es ist doch komisch, dass Mutter solche Sachen triumphierend und für alle zugänglich über den Telegraphen schickt.

53) Zwei Wochen später sollte ihn Shanna auf dem Bahnhof abholen, statt dessen kam die ganze Bande.

54) In Moskau war bereits August, auf den Regionalbahnsteigen drängten sich schön gekleidete Menschen, Viktor schaute unaufhörlich durchs staubige Zugfenster, Glück erfüllte ihn: Gleich würde er Shanna sehen. Shanna, Shannotschka sang sein Herz, aber als er ausstieg, sah er zwei Frauen über den Bahnsteig gehen und einen Kinderwagen mit einem recht großen Baby schieben, die Frauen blieben vor ihm stehen und schauten ihn an, eine von beiden schlug plötzlich die Hände vors Gesicht und begann zu weinen. Das war Alla. Seine Mutter weinte nicht, sie hob das Kind aus dem Wagen und hielt es Viktor entgegen, wie ein Schutzschild.

55) Dann begann das Leben, gelobt sei die Familie.

WAS FRAUEN NICHT ALLES WISSEN

Hier haben Sie die Geschichte einer idealen jungen Frau, erzogen von einer idealen Mutter und einer idealen, vornehmen Großmutter – Pianistin. Intelligenzija, zumal jüdische Intelligenzija.

Alle drei waren Schönheiten. Es gibt Gesichter ohne Nationalität, und die drei hatten ebensolche Gesichter, die Schönheit verblasste nicht mit den Jahren.

Die Großmutter gehörte zu jenen wunderbaren alten Frauen, vor denen sogar die rüdesten Passanten, Passagiere im öffentlichen Verkehr und derbe Verkäuferinnen dahinschmelzen. Sie war wie ein gut geratenes, gutmütiges, schönes und dazu noch rührendes kleines Kind. Ihren scharfen Verstand verbarg sie geschickt. Die Hände schonte sie, sogar im Sommer trug sie vornehme Wollhandschuhe – Fingerhandschuhe mit abgeschnittenen Enden. Eine waschechte ehemalige berühmte Schönheit vom Konservatorium.

Die Mutter der jungen Frau war einfacher gestrickt, im Alter etwas füllig geworden arbeitete sie als Ärztin in einer Klinik, in einer schrecklichen Klinik mit erbarmungslosen Tragödien, in der Welt der Verrückten.

Die Kranken liebten sie. In ihrer Gegenwart wurden sie gesund, dachten nicht mehr an Verfolgungen, an Feinde, an deutliche Befehle im Ohr, nicht an Strahlung von der Decke, vor der man sich nur schützen könne, wenn man eine Wärmflasche auf den Kopf lege.

Dass sie ihre Patienten liebte, wäre zu viel gesagt. Sie half ihnen, unter Klinikbedingungen zu existieren, hatte sich Ärzte in die Abteilung geholt, die genauso waren wie sie, und dazu ein ausgesprochen heroisches, erfahrenes und ergebenes Schwesternpersonal. Sogar die stets betrunkenen Pflegerinnen vergötterten sie.

Unter ihren geheimen Patienten waren große Musiker, legendäre Dichter und Schriftsteller, Künstler in allem, was es auf Gottes Erden gibt, seltsame Exemplare des Menschengeschlechts, hinkende Teufel, Krumme, Fallsüchtige, Schlaflose, Drogensüchtige und Spielsüchtige, Selbstmordsüchtige. Pathologisch eifersüchtige Perverse, Mörder, unter ihrer Invalidität Leidende, unruhige Schreihälse, sie alle waren für Ehefrauen, Kinder und Geliebte verschiedenen Geschlechts eine Zumutung.

Maria Josefowna erwähnte niemals ihre Namen, aber ganz oben auf dem Regal lagen die Beweisstücke – Bücher und Schallplatten mit Autogrammen.

Sie selbst hatte eine Schwäche wie viele große Frauen (und Maria Josefowna war eine große Ärztin). Sie liebte ihre Tochter, wortlos und unaufdringlich. Sie wischte den Fußboden im Bad, nachdem ihre Tochter es benutzt hatte, brachte ihr morgens ein Tässchen Tee ans Bett, machte ihr niemals irgendwelche Vorwürfe – niemals.

Das Mädchen hatte schon genug Probleme in der Schule, die Lehrer wollten ihr angeborenes Gefühl der Überlegenheit, das sich in völliger Demut und ausgesprochener Höflichkeit äußerte, nicht akzeptieren.

Die Pauker empfanden das als Verhöhnung, und sie waren nicht weit von der Wahrheit entfernt. Sie platzten vor Wut.

Die Kinder dagegen verehrten Katja, die Mädchen hingen immer an ihrem Rockzipfel, die Jungens starrten sie aus allen Ecken des Klassenzimmers eindringlich und unverwandt an.

Probleme gab es, wie so oft, im Sportunterricht.

Als ein neuer, strenger Lehrer kam, versetzte er alle in Panik, indem er sagte, es werde von nun an Fünfen hageln.

Katja war ein Sofa-Kind, träge und graziös, es passte nicht zu ihr, mit heraushängender Zunge im Kreis zu rennen oder mit gespreizten Beinen über den Bock zu springen. Das widersprach ihrer Natur. Und schon gar nicht wollte sie wie ein Affe am Seil hochklettern oder wie ein Mann die Diskusscheibe irgendwohin schleudern – diese Sportarten aber waren Teil der Pflichtübungen, für die man Zensuren bekam.

Man konnte sich nicht einmal vorstellen, dass Katja wie bekloppt um die Wette rannte.

Allerdings versuchte sie es, und die Freundinnen belächelten sie dann liebevoll und ahmten ihre trippelnden Schritte und den sorgenvollen Gesichtsausdruck nach.

Katja streikte, sie ging nicht mehr zur Schule, ohne der Mutter den Grund zu erklären.

Der Grund waren natürlich die Jungen, die sich mit den Ellenbogen anstießen, mit dem Kinn auf Katja deuteten und heimlich hinter dem Rücken anderer lachten.

Als Ärztin konnte ihr die Mutter mühelos eine Befreiung ausstellen, die Diagnose war kompliziert und unleserlich, irgendwas von kranken Beinen.

Was sich als prophetisch erwies.

Nun saß Katja in allen Sportstunden in der Turnhalle auf der Bank und las, und alle Jungen prahlten vor ihr mit guter Haltung und Gewandtheit. Angesichts dieser kleinen schönen Dame entbrannte ein regelrechter Wettstreit! Mit Geschrei und Rufen – hoppa! Sie sollte von ihrem Buch aufsehen und mit ihren wundervollen blauen Augen unter dem strohblonden Pony zuschauen.

Schon als Kind sah sie aus wie ein Mädchen von Renoir.

Problemlos, jedoch mit großen Selbstzweifeln, bestand Katja die Aufnahmeprüfung für die Uni, aus unerfindlichen Gründen studierte sie Mathematik. Dann wechselte sie zu einer anderen Fakultät, um Sprachen zu lernen (sie kannte bereits zwei).

Das heißt, sie ging den Weg des geringsten Widerstands. Eine Folge ihrer bekannten Trägheit.

Andere paukten, mühten sich ab, hockten im Sprachkabinett, sie aber saß in sich versunken da und tat sich nicht besonders hervor. Sie versteckte sich. Zeigte sich nicht.

Jedoch interessierten sich viele junge Männer für sie, und zwar die energischsten, sportlichsten, die dümmsten, mit einem Wort.

Es gab keinen, der ihr gewachsen war, zumal in ihrem Institut, in dem die jungen Männer nach der Armeezeit studierten. Erwachsene, programmierte Holzklötze. Niederste Sorte.

Katja machte ihr Diplom und begann in einer Bibliothek zu arbeiten, in der Abteilung für ausländische Periodika, ein häufig besuchter Lesesaal, ausgesuchte Intellektuelle, darunter auch Bohemiens.

Und hier tappte Katja in die Falle, sie verliebte sich in einen Spieler, einen Kartenspieler, Préférence-Spieler (dazu noch Bridge und Billard) und Stammgast auf der Galopprennbahn.

Sie brachte ihn mit nach Hause, er war gute sieben Jahre älter als sie und hatte eine lange Krankenakte: zwei Gehirnerschütterungen, im Jargon der Traumatologen (er arbeitete als Pfleger im Krankenhaus) auch Schädeltrauma genannt.

Der Mann hatte einen Koffer bei sich.

Maria Josefowna diagnostizierte eine psychische Erkrankung, eine Neigung zur Epilepsie und vieles andere mehr. Es wäre vergebliche Mühe gewesen, ihn zu bitten, einen Syphilistest machen zu lassen. An einen Bräutigam kann man solche Forderungen nicht stellen.

Der Blitz fuhr herab, als Katja krank wurde und die Symptome vor der Mutter geheim hielt, bis sie zum Schwangerschaftsabbruch ging (eindeutig auf Drängen des Verdächtigen). Der Abbruch wurde natürlich zu seinen Bedingungen durchgeführt, d. h. nicht im Krankenhaus, sondern über Freunde von Anton, für ihn offenbar schon ein ausgetretener Weg. Es war nicht das erste Mal, das er ein Mädchen dorthin brachte.

Die Mutter ahnte alles (Katjas morgendliche Übelkeit war nicht zu übersehen!) und gab demütig Geld. Sie war gezwungen, einige Kranke gegen Honorar zu Hause zu behandeln, was sie sich sonst nie erlaubt hätte (nur Bücher und Platten, nicht mehr!).

Die zerstreute Katja hatte in ihrer gewohnten Art, alles herumzuschmeißen, die Ampulle neben den Mülleimer geworfen.

Die Mutter fegte, wischte, räumte auf und kroch mit ihrem grauen Kopf auch in den Küchenschrank, wo der Mülleimer stand, sie leckte alles blank wie eine einfache Pflegerin (Die Großmutter konnte zu diesem Zeitpunkt fast gar nicht mehr laufen, sie saß mit ihren vornehmen Wollhandschuhen vorm Fernseher und äußerte sanft ihre Unzufriedenheit mit dem Niveau des Musikprogramms).

Die Mutter hielt die Ampulle vor ihre kurzsichtigen Augen.

Hatte ein Gespräch mit Anton, ging mit ihm in den Hof. Anton setzte sein verführerisches Lächeln auf und sagte,

Katja sei an allem Schuld. Wie sollte es auch anders sein. Sie habe sich vor ihm angesteckt, voreheliche Beziehungen, Gott weiß, was nicht alles in Bibliotheken passiert.

Maria Josefowna, die Psychiaterin, die glänzende Diagnostikerin, die dazu noch alle technischen Geräte beherrschte, die es gab, erreichte das Unmögliche – Anton machte sich für immer aus dem Staub.

Vielleicht auch aus dem Leben, wer weiß – Maria Josefowna hatte ein hervorragendes Überzeugungstalent.

Eine eigene Wohnung besaß Anton nicht, hatte alles irgendeiner Ehefrau mit Kind überlassen, er war wie ein Steppenläufer von Frau zu Frau gerannt, hatte sogar drei Jahre Besserungsanstalt im Strafregister, wie er einmal in einem Ausbruch von Aufrichtigkeit Maria Josefowna bekannt hatte.

»Sie müssen sofort auf eine Dienstreise«, riet sie ihm.

Am selben Tag hatte sich Katja ins Labor zum Blutabnehmen geschleppt und als sie zurückkam, lag auf dem Tisch ein Zettel des Davongegangenen. Maria Josefowna hatte ihn absichtlich nicht gelesen, sie saß in der Küche, als Anton seine Sachen packte und sein letztes »Verzeih mir« stammelte, wobei er wie ein Kartenspieler lachte, sie kam erst in den Korridor, um ihm den Schlüssel abzunehmen. Er flüchtete die Treppe hinunter, umging sogar den Fahrstuhl. Sie kroch ihm mehr tot als lebendig hinterher. Wollte sich vergewissern, ob er tatsächlich verschwand.

Als Katja den Zettel gelesen hatte, legte sie sich hin. Starb nicht, aber erstarrte.

Die Mutter besorgte einen Krankenschein aus ihrer Klinik, was sollte sie tun, nur ihre Klinik konnte jemanden für mehrere Monate krank schreiben. Nach 120 Tagen musste man entweder kündigen oder sich wegen Schizophrenie invalidisieren lassen.

Katja lag da wie tot, sie las nicht einmal. Umarmte das Telefon. Wenn sie nicht die richtige Stimme hörte, legte sie einfach auf. Aß nicht.

Die Mutter hängte sie an einen Tropf mit Glukose und Vitaminen. Offensichtlich verbrauchte sie ihre ganze Kraft, um die Tochter am Leben zu halten, denn sie wurde schwarz, obwohl sie nach wie vor freundlich zu ihrem Umfeld war, vor allem in der Klinik.

Dieser Zustand verschlimmerte sich zusehends.

Da stand die Großmutter aus der Asche auf, Anna Ionowna. Sie wachte an Katjas Bett. Stützte sie, wenn sie raus musste. Beide waren gleichermaßen geschwächt.

Katja war kein dummes Mädchen und kam schließlich dahinter – es sei denn, Anton hatte ihr ein Zeichen aus dem Nichts gegeben. Nein, wahrscheinlich hatte sie selbst erraten, warum er gehen musste.

Katja hörte auf mit ihrer Mutter zu sprechen.

Einige Zeit später ging die Großmutter zum Briefkasten, um die Zeitung zu holen, und brachte einen Umschlag ohne Absender mit.

Ein leerer zugeklebter Umschlag!

Aber die Handschrift, die Handschrift war die von Anton!

Katja erwachte plötzlich zu neuem Leben, stand sogar auf und verließ das Zimmer. Fast hätte sie einen Ausflug »an die Luft« unternommen. Katja bereitete sich heimlich auf etwas vor.

Sie konnte nicht wissen, dass Maria Josefowna Antons Handschrift von einem alten Umschlag kopiert hatte, der Hochstapler hatte ihn in der Eile auf dem Fußboden unterm Schreibtisch liegen lassen. M.J. hatte das Zimmer der Tochter gründlich sauber gemacht, als der Schwindler gegangen war, dabei hatte sie diesen Umschlag gefunden und versteckt. Der Brief kam laut Absender aus der Anstalt, der

Kranke hatte also nicht gelogen. Das Schreiben war allerdings neueren Datums: Seit der Entlassung war weniger als ein halbes Jahr vergangen, und schon hatte sich der Kerl Katja geangelt, ein Mädchen mit Wohnung.

Der Brief war offenbar ebenfalls an ein Mädchen gerichtet gewesen, aber ohne Adresse: Zentralpostamt postlagernd, an Chudaiberdyjewa J. G.

Der Brief musste zweifellos die Adressatin erreicht haben und war dem Autor dann bei einem Treffen zurückgegeben worden. Die Rückgabe eines Briefes zeugt gewöhnlich von einem zornigen und demonstrativen Bruch. Liebende hüten normalerweise die an sie gerichteten Briefe, ist doch klar. Gleichgültige werfen sie einfach weg.

Anton hatte ihr etwas eingebrockt, dieser J. G. Aber sie hatte ihn ebenfalls geliebt. Sie war ja extra gekommen, um ihm den Brief ins Gesicht zu schleudern.

Was geschah nun: Katja war drauf und dran, aus dem Haus zu gehen!

Großmutter Anna Ionowna hatte gesehen, wie sie im Telefonbuch wühlte, sie suchte ganz offensichtlich nach einer Nummer – was an sich ein großer Fortschritt war im Vergleich zu der vorherigen Apathie. Katja fand, was sie suchte, und bat um einen Moskauer Stadtplan. Sie hat nach einer bestimmten Straße gesucht, teilte Anna Ionowna ihrer alten gepeinigten Tochter mit.

Maria Josefowna begriff, dass das Mädchen nach dem Stadtteil gesucht hatte, in dem der gezinkte Brief in den Kasten geworfen worden war.

Aber Katja hatte nicht genug Kraft, sich aufzurappeln und loszugehen.

Mutter und Tochter sprachen wieder miteinander. Kurz und sachlich. M. J. schlug Katja vor, sie an den Tropf zu legen, um ihren früheren Zustand wieder herzustellen und die Gesichtsfarbe zu verbessern. Eine Laborantin wurde ins Haus geholt, die ihr Blut abnahm.

Katja war wieder gesund, was die Franzosenkrankheit betraf, aber schwach wie ein auf den Müll geworfenes einwöchiges Kätzchen.

Der Mischung im Tropf fügte M. J. die nötigen Präparate zu. Sehr vorsichtig.

Mit der Zeit wurde Katja kräftiger, stand auf, ging aus dem Haus, dann kam es sogar so weit, dass sie, unter großer Kraftanstrengung zwar, zu ihrer alten Arbeitsstelle zurückkehrte (dort hatte sie ihren Anton zum ersten Mal getroffen).

Sie wurde für denselben Lesesaal eingeteilt, allerdings nur als Halbtagskraft, sie vertrat eine Kollegin, die im Schwangerschaftsurlaub war.

Offenbar war es Katja wichtig, auf dem Weg zu stehen, auf dem Anton vermutlich noch einmal auftauchen würde.

Statt Anton kam Gleb (groß ist die Kraft der weiblichen Schönheit!), er wollte Fachzeitschriften ausleihen. Katja suchte sie ihm heraus. Er brachte sie dankbar zurück. Dann pflügte er lange den harten Boden, um Katja ins Café zu locken (alle Verhandlungen liefen übers Telefon, die Familie hörte mit).

Nicht genug damit – er nahm allen Mut zusammen und lud Katja zu Freunden auf eine Datscha ein, die Silvesterfeier stand bevor.

M. J. legte Katja an einen Tropf mit bestimmten Präparaten, behauptete, es seien Vitamine für den Kräftehaushalt, und Katja kam am nächsten Tag eindeutig nach einer Liebesnacht zurück, mit blauen Ringen unter den blauen Augen und mit geschwollenen Lippen. Es war eingetroffen, was die Frauen erwartet hatten.

Gleb, nicht groß, hartnäckig, nicht schön, aber einem

Spermium wie aus dem Gesicht geschnitten, hatte Katjas Widerstand gebrochen, und nun ging sie überall hin mit, wohin er wollte, völlig kopflos, ein richtiges Sexsymbol, die Augen schläfrig, die Lippen wie von Kälte aufgesprungen. Die beiden schlossen sich ungeniert in Katjas Zimmer ein, das Schloss war neu, woraufhin Quietschen zu hören war, stürmische Erschütterungen und schnelle rhythmische Stöße.

Und dann kam die Hochzeitsfeier.

Beim Festmahl ging Katja, als wäre sie plötzlich zu sich gekommen, ins Treppenhaus und weinte. Katjas Mutter und Großmutter brachen, sobald es der Anstand erlaubte, nach Hause auf.

Glebs Eltern, ein breischultriger Oberstleutnant namens Iwan Petrowitsch, und die Mama namens Emma Jakowlewna, ebenso breitschultrig wie ihr Mann, waren einfache Leute. Sie zettelten gleich am Tisch, kaum dass die neue Gevatterin mit ihrer Mutter gegangen war, buchstäblich zehn Minuten danach, einen abscheulichen Streit mit ihrem Sohn an (Vor der Hochzeit hatte Gleb alles dafür getan, damit er seine Frau zu sich holen konnte, er hatte in seinem Zimmer den Fußboden abgeschliffen und lackiert usw., die Eltern hatten nicht protestiert – nun aber verstritten sie sich mit dem Sohn, nicht zu ändern!).

Gleb zog sich an, grapschte die Sachen seiner Frau, schnappte sich die weinende Katja auf der Treppe, zog auch sie an, winkte auf der Straße ein Taxi herbei und brachte die junge Frau zurück in ihr Heim.

Dort erzählte er Maria Josefowna und der alten Anna alles (Maria Josefowna erzählten alle Menschen aus ihrem Umfeld die absolut strengsten Geheimnisse, oft ungewollt) und blieb, was sollte er machen, in der fremden Wohnung.

Zum Glück hatte dieser berüchtigte Anton seinerzeit Kat-

ja nicht geheiratet, Katja erklärte es damit, dass ihr Geliebter sein Kind nicht mit einer Scheidung traumatisieren
wollte.

Katja weinte bis zum Morgen.

Die Mutter schaute kein einziges Mal zu ihr herein.

Acht Monate später gebar Katja ein Mädchen, das Gleb
jede Nacht auf den Armen trug, damit es nicht weinte. Das
Mädchen hatte einen Nabelbruch.

Das zweite Kind, ein Sohn, wurde zwei Jahre später geboren und war, welch Wunder, Anton wie aus dem Gesicht
geschnitten!

Was die erfahrene Mutter Emma Jakowlewna ihrem Sohn
Gleb sofort mitteilte: »Das ist nicht dein Sohn, der gehört
nicht zu uns.«

Nichtsdestotrotz trug Gleb auch dieses Kind nächtelang
auf den Armen.

Katja aber erlosch, ging dahin, mit ihr erlosch auch die
Großmutter und starb schließlich.

M. J. hielt sich aufrecht wie immer – freundlich, ruhig,
bescheiden wie die englische Königin.

Der Schwiegersohn Gleb hasste sie erbittert, mit der Zeit
ging ihm die sorgsam verborgene Überlegenheit der Familie der Schwiegermutter über seine eigene einfache Familie,
die seiner Mutter und seines Vaters, auf die Nerven.

Seine Mutter, praktisch und redselig, stellte er weit über
Katjas Familie.

Seinerzeit hatte die junge Emma den laut brodelnden
Kessel Iwan, ein genialer Militäringenieur, Naturtalent aus
einem moldawischen Dorf, so umgarnt und gefügig gemacht, dass er Frau und Sohn verließ, von ihnen war nichts
mehr zu hören, bis jene Frau starb und der minderjährige
Sohn allein zurückblieb. Das zweite Signal kam, als dieser
Iwan-Sohn aus jugendlichem Übermut ins Gefängnis kam,

er schrieb dem Vater aus der Besserungsanstalt, damit ihm dieser, hört hört, Päckchen schickte.

Emma hatte das sofort abgewürgt.

Dieser Sohn tauchte noch einmal auf, wurde aber hinauskomplimentiert und war, Gerüchten zufolge, ums Leben gekommen.

Emma war früher Geographie-Paukerin oder so ähnlich. Klein, mobil, alle Gedanken auf der Zunge, grob wie das Leben selbst. Ihr Mann war bezaubert von ihr.

Sie wusste, was sie zu tun hatte, und schliff und feilte an den Lebensgrundlagen ihres Sohnes, denn er wurde ihr zu gutmütig, zu großherzig, zu freigebig. Das Mitleid mit seiner ewig kranken Frau, die Liebe zu den Kindern, die beide an einem Nabelbruch litten und nicht schreien durften, da sich sonst das schwache Bäuchlein überanstrengt hätte, gingen ihr auf die Nerven. Dieses gesamte Lazarett konnte Glebs Mutter nicht ertragen, sie war eifersüchtig auf seine Gefühlsanwandlungen, sie drang auf ihn ein und öffnete ihm, der diese guten Gefühle nur für die fremde Familie hatte, gallig die Augen! Nicht in die eigene Familie brachte er diese Gefühle, sondern aus der Familie raus! Nicht für sie, die Mutter, sondern für andere war er da!

Ihre Monologe hielt sie direkt in der Wohnung von Maria Josefowna.

Sie hatte den Verdacht, Katja leide an Gonorhöe im letzten Stadium, du musst ihr Blut untersuchen lassen, Gleb!

Offenbar hatte Katja in einer vertrauensseeligen Minute Gleb ihre Vorgeschichte erzählt, und er seinerseits hatte dieses Geheimnis treuherzig, ebenfalls in einer innigen Minute, seiner Mutter weitererzählt.

Emma behauptete immerfort, dass die Kinder (beide) nicht von ihm seien, dass er wie ein Idiot ausgenutzt werde! Dass er eine Hure geheiratet habe!

Schließlich stand Gleb auf einem Schlachtfeld der Un-
liebe zwischen Mutter und Frau. Er misstraute der Mutter
und glaubte ihr, er liebte Katja und misstraute ihr.

Er begann zu trinken.

Mit der Mutter verstritt er sich. Sie rief M.J. an und warf
ihr unglaubliche Frechheiten über ihre Tochter an den
Kopf, dass sie eine Prostituierte sei und mit einem Krimi-
nellen zusammen gelebt habe (sie wusste alles, wie sich
herausstellte).

In die Wohnung stürzte Gleb jedes Mal schimpfend und
zeternd. Er roch nach Alkohol. Oft sackte er im Flur zusammen und schlief dort wie auf dem Fußboden festgeklebt
ein. Seine Dissertation stockte.

Maria Josefowna starb plötzlich.

Ihr Tod war seltsam, beim Dienst in der Klinik.

Todesursache war Herzinsuffizienz, wie es meist auf dem
Todesschein steht. Keiner weiß, wie alles gekommen war.
Buchstäblich aus heiterem Himmel. Das Herz blieb einfach
stehen, als sie in ihrem Zimmer am Schreibtisch saß.

Ihre Ärzte sahen auf der Beerdigung buchstäblich schwarz
aus, hasserfüllt. Sie vermuteten, dass die Sache nicht mit
rechten Dingen zuging. Warum, weiß keiner. M.J. hatte keiner Seele, keinem einzigen Menschen, erzählt, was bei ihr
zu Hause los war.

Aber vor den Leuten kann man nichts verbergen.

Auch Glebs Eltern waren zur Beerdigung gekommen,
sie demonstrierten zusammengepresste Lippen und zurück-
gehaltene bissige Worte.

Dennoch blieb Katjas Familie bestehen.

Gleb hörte gleich nach der Beerdigung auf zu trinken,
von einer Minute auf die andere. Er trank nicht einmal auf
die ewige Ruhe der Verstorbenen. Die Eltern bat er, nicht

zur Trauerfeier zu kommen, er ließ die Mutter einfach nicht rein, als sie frech an der Tür klingelte (der Vater versteckte sich im Treppenhaus).

»Gehören wir etwa nicht zur Verwandtschaft?«, schrie sie.

* * *

Katja arbeitet in der Bibliothek, sie ist jetzt Leiterin des Lesesaals.

Die mütterliche Seele ist in ihr erwacht.

Sie ist ruhig und freundlich, kann kaum laufen und ist immer umringt von Mitarbeiterinnen, die sie lieben.

Ihr Mann kommt sie mit dem Auto abholen, trägt sie die Treppe hinunter und hebt sie auf den Sitz, zu Hause trägt er sie bis zum Fahrstuhl.

Alles ist ins Reine gekommen, zurecht gerückt, hat seine Ufer gefunden, die Kinder wachsen heran, sie kommen zum Hausaufgabenmachen in die Bibliothek, sitzen bei der Mama, Emma aber sitzt bei sich zu Hause und zetert, sie werde alles ans Tageslicht bringen, sie ruft den Sohn an und wirft ihm vor, er habe sie im Stich gelassen, und sie behauptet, dass Katjas Kinder schlechtes Blut hätten, weil ihre Großmutter Selbstmord begangen habe.

Irgendwo hat sie das her, vielleicht schwebte diese Ahnung über der Beerdigung oder jemand hat sich verplappert – oder sie hat diese schreckliche Vermutung der Ärzte buchstäblich aus der Luft gegriffen.

Auf jeden Fall behauptet Emma, Maria habe ihr Herz der Tochter zuliebe angehalten, ohne Tabletten, aus eigener Kraft. Habe gefühlt, dass ihretwegen, wegen ihres eigenen hässlichen Stolzes, der Schwiegersohn die Familie im Stich lassen wird.

»Schön wär's, aber du wirst sie nicht im Stich lassen, du

kommst doch nicht nach diesem Idioten, nach deinem Vater, du kommst nach mir!«, schreit Emma ins Telefon.

Der Sohn erträgt es und legt nicht auf, obwohl es unerträglich ist, diese Reden zu hören.

Was Frauen nicht alles wissen.

KLARISSAS GESCHICHTE

Klarissas Geschichte glich in ihrem Anfangsstadium der des hässlichen jungen Entleins oder Aschenputtels wie ein Wassertropfen dem anderen. Tatsächlich rief Klarissa, Schülerin mit Brille, bis zu ihrem 17. Lebensjahr bei keinem Menschen Begeisterung hervor, nicht einmal das geringste Interesse – das betraf sowohl die Jungen in der Klasse als auch die Mädchen, die besonders feinfühlig reagieren, wenn es um Schönheit geht, und die überall nach schönen Dingen suchen und sich mit dem Ellenbogen anstoßen, wenn sie etwas gefunden haben. Klarissa hingegen war nicht besonders empfänglich für Schönheit, sie war ein recht einfaches Geschöpf, das, so schien es, keinem Menschen Beachtung schenkte, am allerwenigsten sich selbst. Womit ihre Gedanken den lieben langen Tag beschäftigt waren, weiß niemand. Im Unterricht war sie unaufmerksam, ihr Blick blieb ständig an belanglosen Kleinigkeiten hängen. Mit offenem Mund schaute sie zu, wie die Kreide von der Tafel gewischt wurde, das machte sie außerordentlich nachdenklich, Gott weiß, woran sie sich erinnerte, wenn sie in solch einem Augenblick zur Tafel starrte.

Einmal, das war bereits in der letzten Schulklasse, schlug sie sich mit einem Jungen, allerdings gab es für diese Schlägerei keinen Grund außer dem einen, dass Klarissa, dem Ehrenkodex getreu, einen Klassenkameraden für ein Wort, das sie als beleidigend empfand, eine Backpfeife gab, in

Wirklichkeit war das Wort einfach so dahingesagt, in die Luft sozusagen, zufällig. Der Klassenkamerad schlug auf der Stelle zurück, anstatt ihr lang und breit zu erklären, dass sie gar nicht gemeint war, dass sie damit überhaupt nichts zu tun habe, weder mit der angeblichen Beleidigung noch mit irgendeiner anderen Sache, sie rege sich völlig umsonst auf.

Dieser Vorfall zeugt davon, dass in dieser Zeit in Klarissas Seele eine Veränderung vor sich ging in Richtung gesteigerte Empfindlichkeit zur eigenen Situation auf der Welt, zur Situation eines jungen Mädchens, das nun selbst für sich einzustehen hatte, das allein war in einer feindlichen Umgebung und alle Erscheinungen (dieser Welt) auf sich bezog.

Obwohl dieser Impuls dann ins Leere lief, wie wir noch sehen werden, obwohl sie sich unter anderen Umständen anders hätte entwickeln können. Aber die Umstände gestalteten sich so, dass Klarissa bereits ein halbes Jahr nach Schulabschluss ein neues Leben führte und in den Wintersemesterferien, als sie einen Ausflug in eine andere Stadt unternahm, in atemberaubender Schnelle heiratete und schon in neuer Gestalt zurückkehrte, und zwar als Ehefrau eines fernen Mannes, was ihr bestimmte Pflichten auferlegte.

Was in diesem halben Jahr in Klarissas Seele vorgegangen war, ist nicht bekannt, zu sehen waren nur die äußeren Erscheinungen der inneren Veränderung: Klarissa tauschte ihre sich eben erst herausbildende Orientierung auf die Feindseligkeit der Welt mit einer anderen Orientierung, nämlich mit der einer dummen, willensschwachen jungen Frau, die allem Anschein nach nicht begriff, wohin sie die äußeren Umstände führen, und die sich ohne Sinn und Verstand von diesen Umständen bestimmen ließ. Dabei verwandelte sich Klarissa, immer noch mit Brille, in eine vollendete Schönheit mit goldenen Locken und fein modellierten Fingern.

Wie zu erwarten, konnte die willensschwache Klarissa, die nicht in der Lage war, ihre Zukunft wenigstens an zwei Fingern vorauszuberechnen, der Rolle der Ehefrau in einer Fernbeziehung nicht gerecht werden, und wenn man sie nach ihrem Mann fragte, antwortete sie, dass sie nicht die geringste Ahnung habe und ihr das alles auf die Nerven gehe.

Die nächste Ehe ließ nicht lange auf sich warten, Klarissa heiratete einen Arzt, der bei der »Schnellen Medizinischen Hilfe« arbeitete, ein Kraftprotz, der nach Tabak roch, mit breiter Brust und muskulösen Armen. Diese Ehe wurde zur regelrechten Tragödie, denn gleich nach der Geburt des ersten gemeinsamen Kindes fing ihr Mann an fremdzugehen, trank viel und ließ sich auf Schlägereien ein.

In diesem neuen Lebensabschnitt, als Ergebnis der Beziehung zwischen Klarissa und ihrem Mann, kam es zu merklichen Veränderungen in ihrem Äußeren. Man kann sagen, dass sie unablässig Streitgespräche mit ihrem Mann führte, die Richtigkeit ihres Standpunkts sogar dann bewies, wenn sie weit weg von ihm war, zum Beispiel auf der Arbeit, zu Besuch bei Freundinnen, in den unpassendsten Situationen. Sie führte ihre Monologe immer im gleichen Protestton, mit heißen Wangen, mit einem Würgen im Hals. Sie schaffte es nicht, die Verachtung und Gleichgültigkeit ihres Mannes würdevoll zu ertragen, und ihr fehlte jetzt sogar die frühere Orientierung aus der Schulzeit, als sie sich mit einer Backpfeife vor Beleidigungen schützte. Man kann sagen, dass sie in diesen Jahren ohne Steuerruder und Segel lebte, von Impuls zu Impuls, empfindlich wie eine Amöbe, die sich mit dem primitiven Ziel von Stelle zu Stelle bewegt, jeder Berührung aus dem Weg zu gehen. In dieser Lebens-

periode war Klarissa weder in der Lage, ihre Rolle fest-
zulegen, noch sich mit dieser Rolle zu begnügen und die
würdigste Lösung zu finden. Sie schaffte es nicht, die Schicksalsschläge in Gestalt ihres haltlosen, sich für nichts schä-
menden Mannes auf sich zu nehmen, der sein grobes,
schwerfälliges Leben in einem Zimmer mit Klarissa und
dem Kind verbrachte.

Schließlich gipfelte alles in einem Donnerschlag – der
Mann verließ Klarissa und nahm den Jungen mit zu seinen
Eltern. Klarissa tat das Einzige, wohin sie ihr getrübtes
Bewusstsein trieb – sie hämmerte an die Tür der Wohnung
ihrer Schwiegereltern, doch sie hämmerte vergeblich, da
die Alten weggefahren waren, sie hatten an einem unbekannten Ort eine Datscha gemietet, wie ihr ein Nachbar
erzählte, der aus seiner Wohnung schaute.

Klarissa blieb nur, unverrichteter Dinge in ihr verwüste-
tes Nest zurückzukehren. Alle weiteren Handlungen, die sie
unternahm, waren unlogisch und ohne Perspektive. Zum
Beispiel fuhr sie drei Mal mit dem Regionalzug in die Vor-
orte und irrte dort zwischen den Datschas umher in der
Hoffnung, das gelbe Strohhütchen ihres Sohnes zu erblicken.
Außerdem rief Klarissa die Freunde ihres Mannes an: be-
schäftigte Männer, seriöse Leute, und bat sie, ihr zu helfen,
das Kind zurückzustehlen. Das alles führte zu nichts, das
einzige Ergebnis war, dass eines Abends ein Arzt mit einer
Schwester zu ihr nach Hause kam, den sie überhaupt nicht
gerufen hatte, und der Arzt fragte sie teilnahmsvoll, ob sie
gut schlafe, ob sie keine Feinde und Verfolger habe und ob
sie nicht in ein Sanatorium wolle, wo sie eine Woche lang
schlafen könne. Klarissa fragte, wer wird mich denn so lange
krank schreiben, aber der Arzt und die Schwester beteuer-
ten wie aus einem Munde, dass sie sich darum keine Sorgen
machen müsse. »Das war er, er hat Sie geschickt«, entgegnete

Klarissa, »das habe ich längst begriffen.« Der Arzt und die Schwester brachen auf und wiederholten an der Wohnungstür noch einmal, dass Klarissa sich bei ihnen erholen könne, aber Klarissa hörte ihnen nicht mehr zu. Sie saß mit heißen Wangen gedankenversunken am Tisch.

An dieser Stelle senkt sich der Vorhang, denn Klarissa begann sich still und heimlich neu zu orientieren, und wieder weiß niemand zu sagen, auf welche Weise sie ein halbes Jahr später abermals an der Oberfläche des Lebens auftauchte, nun bereits als geschiedene Frau mit einem Kind auf dem Arm, monatlichen Alimenten und dem ständigen Problem, wohin mit dem Jungen. In dieser neuen Eigenschaft war Klarissa total banal und auf ihre Weise, mit ihrem kurzen Verstand klug. Sie schaute nicht sehr weit voraus, denn es gab noch eine Schwierigkeit – der Junge hing schrecklich an seinem Vater und dessen Eltern, die ihm Pflege, Zärtlichkeit und Erziehung gegeben hatten, was ihm die allein gebliebene Klarissa nicht schenken konnte. Das war der Grund, warum sie nicht weit vorausschaute, warum sie ihr gemeinsames Leben mit dem Sohn nicht für einen längeren Zeitraum plante, weil sie nämlich um die Vergänglichkeit ihrer Rechte wusste und ihre ganze Aufmerksamkeit auf die augenblicklichen Probleme gerichtet war, die sich, eins höher als das andere, vor ihr auftürmten.

Klarissa berechnete haargenau die Zeit für den Weg vom Kindergarten zur Arbeit, rannte in der Mittagspause einkaufen und betrachtete ihre Dienstpflichten als etwas Zweitrangiges in ihrem Leben, was in ihrer Lage durchaus verständlich war.

Deshalb war ein Jahr später der Urlaub für Klarissa ein großes Ereignis, zum ersten Mal verbrachte sie ihn im Süden, ganz allein, der Sohn war mit dem Kindergarten ins Sommerheim gefahren. Im Süden konnte sich Klarissa anfangs noch nicht von ihren beschränkten mütterlichen Sorgen freimachen, sie betrachtete das Meer, den Strand und das exotische Obst mit schlechtem Gewissen und dachte immer an ihr Kind, das sie im Norden zurückgelassen hatte, wo der Regen platterte. Man kann sagen, dass sie in dieser Phase ihres Urlaubs keinen Bissen herunterbrachte und den halben Tag in einer langen Warteschlange auf dem Postamt stand, um im Sommerheim anzurufen und zu fragen, wie es dem Jungen gehe und ob er überhaupt noch dort sei. Ihr sehnlichster Wunsch war, mit ihm zusammen ans Meer zu gehen, so wie es alle Mütter hier taten, aber diese Chance war vertan, und so war die erste Hälfte des Urlaubs vergangen.

Das Meer, der Strand und die Südfrüchte, die Klarissa kaufte, weil sie so billig waren, taten das ihre, und in Klarissas Äußerem vollzog sich erneut eine Metamorphose. Sie war nun eine reife Frau von 25 Jahren, die mit sanftem Erstaunen durch ihre Brille schaute, und in diese Erscheinung verliebte sich unsterblich ein Pilot der Zivilluftfahrt, der die Ruhetage zwischen den Flügen am Strand des Urlaubsortes verbrachte. Der Pilot zögerte, sich Klarissa zu nähern, denn er hatte keine für solch einen Ort passende Badehose, sondern trug schlicht Unterhosen aus Satin. Er betrachtete Klarissa nur aus der Ferne, wie sie wie ein aufgeregtes Huhn in der Tasche wühlte, um schließlich ein rührendes Tüchlein hervorzuziehen und damit die Brillengläser zu putzen.

Einen Tag darauf war der Pilot wieder am Strand, gegen Abend. Er hatte sich diesmal auf das Meer vorbereitet, war passend gekleidet und konnte sich in Klarissas Nähe niederlassen. Klarissa erschrak, suchte qualvoll einen Vorwand zum Gehen und rannte schließlich mit klopfendem Herzen davon, früher als sonst und begleitet vom erstaunten Blick des Piloten.

Dann aber wendete sich alles zum Guten, nach einem Tag Gespräch mit dem Piloten konnte Klarissa schon einige Sätze über die Lippen bringen, obwohl sie am nächsten Morgen wieder auf dem Postamt stand, wo sie die Nachricht erhielt, der Junge sei gesund, springe herum und das Wetter sei gut.

Alles endete damit, dass Klarissa drei Monate nach dem Urlaub zu ihrem neuen Mann zog, zu Valeri, in seine Dreizimmerwohnung, ein neuer Abschnitt im Leben unserer Heldin begann. Der Junge kam zur Schule, sie gebar noch ein Kind, ein Mädchen, sodass man sagen kann, dass sich alles stabilisierte in Klarissas Leben und zu einer natürlichen, gesunden Reife entwickelte, zu einer langen Reihe von Wintern und von Sommerurlauben, Einkäufen, zu einem vollwertigen Leben, wenn man von der Tatsache absieht, dass die an den Flugtagen ihres Mannes allein gebliebene Klarissa es fertigbringt, stundenlang beim Flughafen anzurufen, um herauszubekommen, wie der Flug verläuft, und dass Valeri sich bei seiner Rückkehr Vorwürfe anhören muss wegen der Anrufe seiner Frau. Allein diese Tatsache verdunkelt den lichten Horizont von Valeris und Klarissas Leben, allein das.

ZWEI GÖTTER

So merkwürdig es auch klingen mag, aber Heldentaten, Opfermut oder glückliche Begegnungen enden nicht mit der Hochzeit, wie in Romanen oder Theaterstücken beschrieben. Das Leben geht nach diesem Glücksfall weiter, wie zum Beispiel das jenes Mannes, der zu spät zur Abfahrt des Schiffes namens »Titanic« gekommen war, oder, wie in unserem Fall, da eine alleinstehende Frau, die weder Mann noch Familie hatte, ein Kind zur Welt brachte. Sie hatte in ihrer Verzweiflung beschlossen, dieses kleine Klümpchen Leben zu retten, das die Ärztin in ihrem Bauch entdeckte. 35 Jahre, völlig einsam, sogar mit einem Nervenzusammenbruch, dann die zufällige Verbindung mit einem jungen Mann von 20 Jahren, gerade demobilisiert – das Leben liegt vor dir, eine fröhliche Party, die Metro fuhr nicht mehr und der Junge hauste ganz weit draußen, erstens; und zweitens, sie tanzten alle zusammen und waren ausgelassen, eine kleine Abteilung von fünf Kollegen, und unsere Jewgenia Konstantinowna tanzte ebenfalls mit, eine junge Frau mit Brille, verantwortliche Redakteurin, Dima war Kurier in dieser Abteilung. Und drittens – Dima schaute die ganze Zeit mit kindlicher Einfalt auf die Uhr. Nach Hause, in sein dunkles Schabenloch, schaffte er es nicht mehr, weder mit der Metro noch mit dem Bus. Es war eine eisige Novembernacht, die Jewgenia Konstantinowna (Shenja) und Dima miteinander verbrachten, gezwungenermaßen miteinander verbrachten. Sie nahm ihn mit zu sich nach Hause, ist doch halb so wild, Dima.

Dazu gab es eine Vorgeschichte: Shenjas Einzimmerwohnung hatte die Großmutter ihr verschafft, sie hatte das Geld gegeben, nachdem sie ihr Haus auf dem Land verkauft hatte. Die Großmutter hatte Shenja aufgezogen. Danke, aber damit ist die Sache noch nicht vorbei. Die Großmutter kam zu Shenja, wann immer sie wollte, immer unerwartet, sie hatte einen Schlüssel, und sie blieb über Nacht, wenn die Enkelin erst spät nach Hause kam.

Auch diesmal entdeckte Shenja, als sie den heimatlichen Herd in Dimas Begleitung erreichte, mit Schrecken in der Korridorecke, hinter der Tür, Großmutters Krückstock. Sie war da!

Sie gingen beide in die Küche. Lautlos und vorsichtig, um die Großmutter nicht zu wecken, richtete J. K. auf dem schmalen Küchensofa ein Bett für Dima her, sie nahm, was sie auf die Schnelle fand – ein sauberes Badehandtuch und eine Tischdecke anstelle eines Lakens. Ein kleines rotes Kopfkissen, das sich aus unerfindlichen Gründen auf dem Sofa in der Küche befand, legte J. K. dem jungen Mann unter den Kopf. Sie gab ihm noch ein zweites Handtuch und schickte ihn unter die Dusche. Dann ging sie selbst ins Bad. Kam zurück. Dima lag verschämt auf dem Sofa und ahnte nichts Gutes. So wie viele junge Frauen Angst vor Männern haben, so fürchten sich auch junge Männer oft vor erwachsenen Frauen. Dima lag befangen auf der Seite, wie ein Dollarzeichen zusammengerollt, die gelbe Tischdecke hatte er bis zu den Ohren hochgezogen. J. K. setzte sich zu seinen Füßen, legte den Kopf auf den Küchentisch und begann leise zu weinen. Sie sagte Dima nichts von der Großmutter.

Er hätte das vielleicht nicht verstanden, bei ihm zu Hause

lebten zwei Großmütter, dazu die Mutter und die Tante, und er liebte sie alle, das wusste die ganze Abteilung.

Dima richtete sich auf, begann Shenja zu trösten, streichelte sie über den Kopf, über die Schultern. Die normalste Sache von der Welt, der Junge war offenbar in Liebe aufgewachsen (die beiden Großmütter), er war gestreichelt und getröstet worden, und er wusste, wie man Mitgefühl zeigt, ganz einfach. Sie schmiegte ihre feuchte Wange in seine Hand. Er umarmte sie wie ein Kind, sagte »pscht, ist ja alles gut, pscht«. Dann streichelte er ihren Rücken, drehte sie zu sich, beugte sich über sie. Sagte den heiligen Satz »na, komm zu mir«. Irgendwie fanden sie beide Platz auf dem schmalen Sofa. Dima traute sich nicht einmal, J. K. auszuziehen, er streifte einfach ihren Morgenmantel hoch. Das erste Mal ging alles hastig, das zweite Mal war es feierlicher. Er war ganz unerfahren und wusste viele Dinge nur theoretisch. Die Großmutter kam nicht aus ihrem Zimmer. Beide schliefen ein. Früh am Morgen (es war ein Sonnabend) sprang Dima entsetzt vom Sofa auf, um zu seinem Vorbereitungskurs zu fahren, die verschlafene J. K. hatte nicht einmal Zeit, ihm Tee zu machen, schon war er verschwunden. J. K. war nicht mit ihm aufgestanden, er hatte sich über sie gebeugt und ihr zum Abschied einen sanften kindlichen Kuss gegeben, wie der Tante oder der Mama, tschüss. Die Tür fiel ins Schloss. Achteinhalb Monate später bekam J. K. einen Sohn, die Sache mit Dima hatte sich nicht wiederholt.

Warum sie das Kind nicht abtreiben ließ ... Erstens, an dem Tag, als sie völlig zerschlagen aufwachte, öffnete sie die Tür zum Wohnzimmer. Sie wollte mit der Großmutter reden, aber es war niemand da. Allerdings stand der Krückstock noch im Korridor, auch Großmutters große Tasche befand sich an ihrem gewohnten Platz, auf dem Stuhl. J. K.

ging zur Nachbarin, und die verkündete ihr, dass sie gestern Abend, als sie aus dem Theater kam, auf der Türschwelle die bewusstlose Großmutter liegen sah. Sie habe den Notarzt gerufen, aber bis der nach einer Stunde endlich gekommen war, sei es der Alten bereits ganz schlecht gegangen, ins Krankenhaus jedoch hätten sie sie noch lebendig gebracht. Ein Glück, dass die Alte auf die Schwelle gekrochen sei. Sie hätten nach J. K. suchen wollen, aber keine Telefonnummer gehabt. »Ich habe ihr ein rotes Kopfkissen unter den Kopf gelegt, aus dem Zimmer«, sagte die Nachbarin vorwurfsvoll.

Zwei Wochen später, bereits nach der Beerdigung der Großmutter, beschloss J. K., ihr zu Ehren das Kind zu behalten. Als einzige verwandte Seele, die ihr geblieben war.

Aber das sind große Worte, im alltäglichen Leben haben sie keinen Platz. Dima wechselte bald in eine andere Abteilung, ein Stockwerk tiefer, dort arbeitete er nicht als Kurier, sondern als Redaktionsassistent, er lernte, jede Minute zählte; wenn er vorbeirannte, grüßte er Shenja fröhlich wie einen Menschen, der ihm sympathisch und lieb war. Wie die erste Lehrerin, die ihm (klarer Fall) viele Fragen stellen will, aber »keine Zeit!«.

Allerdings bekam er zum Frühling hin einen übertrieben-freundlichen Gesichtsausdruck, J. K. trug bereits schwer an ihrer Last, es war Mai. In diesem Jahr herrschte eine schreckliche Hitze, J. K. fühlte sich tatsächlich sehr belastet, als müsste sie eine schwere Kiste schleppen, aber sie sah adrett aus, ordentlich, die Haare voll wie immer, nur der Mund war angeschwollen wie bei einer Afrikanerin, in der Hand hielt sie immer ein großes, zerdrücktes Taschentuch, mit dem sie sich unentwegt die Lippen abwischte.

Obwohl Dima sich immer mehr von J. K. entfernte, lächelte er sie weiterhin lieb an, ohne dass ihm ihr verändertes Aussehen aufgefallen wäre. Als ob er nicht kapierte, was da vor sich ging und aus welchen Gründen und wie viele Monate er zurückrechnen müsste. Er war ein Junge aus der Provinz, möglicherweise hatte er dort ein Mädchen, obwohl in seiner alten Abteilung ein Stockwerk höher (wo jetzt ein anderer junger Mann als Kurier arbeitete, der erst 16 war) alle es wussten und rechnen konnten. J. K. hatte nicht die Angewohnheit, etwas zu verbergen. Man liebte sie in der Abteilung, Gott weiß wofür. Man mochte sie einfach und basta, ständig wurden nach dem Mittagessen an ihrem Schreibtisch gemeinsam Kreuzworträtsel gelöst, und auch bei ihr zu Hause traf man sich zu allen möglichen Feten, kurz: Dima wurde von Artjom Michailowitsch benachrichtigt, einem soliden Kollegen, der J. K. vergötterte, und zwar nicht nur platonisch. Dies und das, Dima, das musst du wissen, du kriegst ein Kind. Dima lächelte wie immer (so erzählte es A. M.), ein richtiges Kind noch! Kind, du kriegst ein Kind.

Dima grüßte Shenja auch weiterhin fröhlich und rannte an ihr vorbei, J. K. tauchte das letzte Mal kurz als bauchige Jolle mit gehissten Segeln in der Kantine auf, ein weißes und ein blaues Segel, weiß das Gesicht, blau die Schatten unter den Augen, ein blaues Kleid mit weißem Krägelchen. Und dann war sie verschwunden. Dima hatte keine Zeit zum Grübeln, er legte gerade die Prüfungen in den Vorbereitungskursen ab und bestand sie! Den ganzen Mai war er nicht da, dann kehrte er zurück und ging wieder weg, offenbar um die Aufnahmeprüfung für die Uni zu machen.

Mitte August kam er wieder, Artjom Michailowitsch hielt ihn im Korridor fest und sagte vorwurfsvoll, was für Dima unvermittelt kam: »Du hast übrigens einen Sohn gekriegt. Schreib dir die Adresse der Klinik auf.«

Dima nickte immer noch fröhlich wie ein Idiot, holte

einen Kuli raus und notierte sich die Adresse auf einem Papierschnipsel.

Die drei Leutchen von der Abteilung (die Leiterin, Artjom Michailowitsch und eine gewisse Dascha) kamen mit Blumen, um Shenja aus der Klinik abzuholen. Die Leiterin, Swetlana, hielt mit Georginen, einer Torte und einer Flasche (für die Krankenschwestern) in der Hand eine kleine Rede. Artjom Michailowitsch schleppte eine große Plastiktüte mit Babysachen an, Dascha brachte Kleider für J.K. mit, alles wie sich's gehört. Unsere Leute sollen es nicht schlechter haben als die anderen. Sie gaben ihren ganzen Reichtum bei der Pflegerin ab. Ließen sich zum Rauchen auf eine Bank nieder.

Nebenan gab es einen kleinen Menschenauflauf, der aus zwei Mädchen bestand, einem jungen Mann und einer kleinen Gruppe Verwandter vom Dorf – zwei Tanten, eine Großmutter mit Kopftuch, dann ein zerknitterter Onkel, Typ Bauarbeiter, und zwischen allen strahlte die helle Erscheinung von Dima hervor, der einen Gladiolenstrauß trug! Das war wie ein K.o.-Schlag für die Abteilung! All diese Verwandten gehörten offenbar zu ihm!

»Grüß dich, Dimotschka!«, brüllte Swetlana und winkte mit ihren Georginen. Dima senkte strahlend seinen hellen Schopf. Er war mager wie ein Küken, offenbar wegen der Prüfungen.

Dann kam die verlegene Shenja heraus, Dima empfing sie an der Tür und nahm das Kind aus den Händen der Säuglingsschwester entgegen. Alles wie es sich gehört. Die Tanten und die Großmutter schlossen einen Kreis um das Kind, betrachteten es, sagten einmütig »Dima wie aus dem Gesicht geschnitten«, begannen zu weinen, der zerknitterte Onkel holte aus dem Beutel eine Flasche und Plastikbecher, goss allen ein, und nachdem Shenja sich mit ihrer neuen

Verwandtschaft abgeküsst hatte, nahm sie das Kind auf den Arm und fuhr mit einer Freundin im Taxi davon, sie sagte nur »ich bin sehr froh, ich rufe euch alle an«. Dima strahlte aus unerfindlichen Gründen die ganze Zeit. Swetlana, Dascha und Artjom Michailowitsch gingen gedankenversunken zur Metro, Dimas verwirrten Verwandten hinterher (Dima selbst ging mit einem heimlichen Lächeln in dieselbe Richtung, und auf Swetlanas höfliche Frage, was die Prüfungen machen, entgegnete er, alles in Ordnung.).

Ein Jahr verflog. J. K. ging wieder arbeiten. Es begannen schwere Zeiten. Sie fand eine Kinderfrau, für die sie ihr gesamtes Gehalt ausgab. Shenja wurde rundlich, wie alleinstehende Frauen mit Kindern ohne Geld eben dicker werden – von Brot und Kartoffeln. Ihre Kleidung bestand aus alten, schon getragenen Sachen, gestopften Strumpfhosen, geflickten Schuhen. In die Kantine ging sie nicht mehr, sie ernährte sich von belegten Broten, die sie von zu Hause mitbrachte. Sie wurde härter. Hatte es immer eilig und ging früher weg.

Dima hielt eine Etage tiefer Wache, er selbst war so dünn wie ein Krückstock; wenn sie sich begegneten, strahlte er sie mit seinem Kinderlächeln an. Er arbeitete am Tage und studierte abends. Aber ein Mal in der Woche (und das wussten in der Abteilung alle) besuchte Dima Jegoruschka, er kam samstags spät abends nach der Uni, saß einfach so am Bettchen des Kindes und betrachtete es unablässig. Er saß da und schaute es an. Übernachtete in der Küche. Geld hatte er keins, seine Familie war arm, der zerknitterte Onkel trank, der Bruder ebenfalls. Dann starb der Onkel innerhalb von drei Monaten, und als Dima seinen sechsjährigen Universitätsmarathon beendet und das Diplom erhalten hatte, vergiftete sich sein Bruder mit irgendeinem Mistalkohol und ging ebenfalls. Dimas große Familie schmolz dahin, die

Mutter war bereits am Ende ihrer Tage, die Großmutter gab es schon lange nicht mehr, und bald hatte der junge Mann nur noch seine Tante. Er wohnte mit ihr in einer Zweizimmerwohnung in Moskau, arbeitete bereits als vollberechtigter Redakteur, ein Arbeitstier mit Hochschulabschluss.

Zu dieser Zeit hatte sich Shenja längst von der teuren Kinderfrau getrennt und das Kindchen in ein Wochenheim gegeben. Jeden Freitag fuhr Dima dort hin, holte Jegoruschka ab, brachte ihn nach Hause zu Shenja und blieb bis zum Montag, Montag früh brachte er das Kindchen wieder zurück ins Heim.

Jegoruschka nannte Dima »Papa«. Der Junge hatte also einen Papa und eine Mama, wie sich's gehört. Später, als das Kind in die Schule kommen sollte, zog die kleine Familie in Dimas Zweizimmer-Eigentumswohnung, wo in der Ecke noch die Krücke der Tante stand, wo friedlich die Grünpflanzen wuchsen, darunter sogar eine riesige Palme, wo die Fußböden ordentlich gewischt waren, auf denen saubere, handgeknüpfte Flickenteppiche bunt leuchteten, wo in der Schönen Ecke eine Ikone hing und auf dem Tisch in der Küche eine weiße Tischdecke prangte: Herzlichen Glückwunsch zum Festtag! Nur die Kochtöpfe waren verbeult, und das Geschirr war zusammengewürfelt, es roch auch entsprechend, nach sparsamer Armut, und aus den Schränken süß nach verfilzter Wolle.

Jegoruschka gefiel sein neues Zuhause, sein eigenes Zimmerchen (Dima und Shenja hatten es neu tapeziert). Der Papa hatte für ihn sogar irgendwo eine kleine wacklige Schulbank für die Hausaufgaben aufgetrieben, zusammengehämmert und zusammengeklebt, das Leben brodelte. J. K. begann bald auf einem Markt zu arbeiten, sie handelte mit Blumentöpfen, Dima wurde Doktorand an dem Institut, an dem er studiert hatte, begann zu unterrichten und gab Privatstunden für Schüler, die die Aufnahmeprüfung bestehen wollten. Das winzige Häuschen auf dem Lande existierte noch, das Familiennest, wohin sie an den Wochenenden und im Sommer fuhren und wo Shenja Blumen und Setzlinge züchtete. Ihre von der Großmutter geerbte Moskauer Einzimmerwohnung vermietete sie.

Alles verlief still und friedlich in Jegoruschkas Familie, die Eltern stritten sich nie und schrien einmütig den Sohn an, wenn dieser bockig wurde. Nur manchmal betrank sich Dima bis zur Besinnungslosigkeit, die Generationen von Alkoholikern in seiner Familie taten das ihre, aber Shenja schaffte es, ihren Mann vom Trinken wegzubringen, die kluge Frau war einfallsreich, sie sparte Geld und kaufte für Dima einen Gebrauchtwagen von blauer Farbe, mit dem sie aufs Land fahren konnten. Dima war verrückt vor Glück, seine ganze Freizeit verbrachte er mit diesem Auto, möbelte es auf, und sie fuhren nun mit eigenem Auto auf die Datscha, nicht mit der Regionalbahn und nicht in überfüllten Bussen mit Rucksäcken, Trollis und Blumenkisten auf dem Arm, nein, o nein!

War das alles? Nein. Erstens: J. K. heiratete Dima nicht. Zweitens: Das raue Leben härtete Dima und Shenja so ab, dass sie wie aus Stahl wurden, Jegoruschka aber wuchs zu einem weichherzigen, zarten Jungen heran, irgendwie willenlos, hinter den Bergen konnte man schon das Gespenst seiner möglichen Zukunft heraufziehen sehen, einer Zukunft, die allen Männern aus Dimas Geschlecht in die Wiege gelegt wird; auch die Geschichte von Jegoruschkas Zeugung bestimmte seine Zukunft, genauso wie der Leichtsinn der Mutter und die zufällige kurze Verbindung.

Angestrengt dachten Vater und Mutter nach, als sie mit urplötzlich nüchtern gewordenen Herzen ihre Vergangenheit und jenen sündigen Augenblick bewerteten, da sie sich halbnackt auf dem schmalen Diwan vereinigt hatten, wollüstig, leidenschaftlich, und das Kind in diesem unreinen, unrechten Augenblick entstanden war ... Als heller, schrecklicher Schein am Himmel flammte das vergangene Leben ihrer Stämme und Geschlechter auf, die unerbittliche Regeln der Paarung aufgestellt hatten, die sie für die Erziehung der Kinder zu ebensolchen strengen Regeln brauchten, damit alles so lief, dass man sich nicht zu schämen und nicht zu zweifeln brauchte.

Was wird aus ihm werden, fragten die Eltern bange und waren hart zu ihrem einfältigen, gutmütigen, ewig leuchtenden Jegoruschka, der immer alles hergab, in der Schule alles verlor, sich immer nach Freunden sehnte, nach Liebe, nach Küssen und oft in seinem kleinen Zimmer weinte, in dem er zur Strafe eingeschlossen war. Dann drängte er sich wieder mit Küssen Mama und Papa auf, die einzigen Menschen, die er auf der ganzen Welt hatte, weinte und verzieh ihnen, und strebte mit ganzer Seele diesen harten Göttern Dima und Shenja zu, während diese in Vorahnung erstarrten.

GEBT SIE MIR

Jede Weihnachtsgeschichte hat ihren traurigen Anfang und ihr glückliches Ende (ein vermeintliches Ende, das Leben bleibt, wie gesagt, an diesem Punkt nicht stehen). Wie auch immer, zwei Schicksale trafen aufeinander, das eine von beiden hatte lange vor dem hier beschriebenen Happy End seinen Anfang, und zwar Ende März.

Ein gewisser Mischa war ein nicht besonders erfolgreicher Komponist, verachtet in der Familie seiner Frau, auf sein Konto gingen zwei Dutzend Lieder für einen Kinderchor mit Klavier sowie ernsthafte Stücke, darunter zwei Sinfonien, die Fünfte und die Zehnte, wie er sie spaßeshalber nannte. Wie wird man bekannt, das ist die Frage der Fragen, bisher jobbte Mischa als Pianist in einem Café und spielte manchmal auch auf dem Keyboard, bei verschiedenen Chaos-Bands, die in Nachtklubs jazzten. Die Bands spielten allerdings Konservenmusik, nicht live, und für solche Fälle benutzte Mischa eine rote Perücke und einen Schnurrbart, manchmal aber auch einen künstlichen Busen und eine Damenbluse. Ganz wie in »Manche mögens heiß«. Viel Trouble, wenig Kohle.

Außerdem hatte Mischa den Auftrag bekommen, die Musik zu einem Diplomstück in der Schauspielschule zu komponieren, in irgendeiner Universität der Künste, für einen Hungerlohn. Man zahlte ihm wie immer die Gage eines Stundenpianisten, zum Heulen. Mischa machte sich niedergeschlagen an die Arbeit, saß nächtelang zu Hause in der Küche, während die Familie seiner Frau schlief.

Da tritt die zweite Figur auf den Plan, einem Fröschlein ähnlich, dünn und unansehlich, Studentin an der Schauspielschule genannter Uni, die Karpenko. Es gibt Geschöpfe, die harte Schicksalsschläge mit Lebenslust und Sorglosigkeit kompensieren. Für die Karpenko war der erste Schicksalsschlag ihr Aussehen, ein Mund von einem Ohr zum anderen und unwahrscheinlich große Augen. Die Nase war kaum existent, statt dessen gab es zwei bescheidene Löchelchen. Die Karpenko schminkte sich nicht und unterstrich ihr komisches Aussehen noch dadurch, dass sie um ihre ohnehin schon hohe Stirn Haare legte, die von Natur aus spärlich ausfielen. Ein Fröschlein eben!

Man nahm sie auf wegen des durchaus vorhandenen Schauspieltalents, sie trug so toll eine Fabel vor, dass die abgebrühten Pädagogen, die am Ende der ersten Tour schon gelangweilt herumsaßen, dankbar loswieherten.

Aber außer Talent braucht man noch ein paar andere Qualitäten, Gott allein weiß welche. Ellenbogen, zum Beispiel. Weiblichen Charme. Karp, wie sie genannt wurde, Karpfen, aber war einfach gestrickt, bis zur Einfalt.

Ihre Kommilitoninnen hatten stürmische Liebesaffären, manchmal warteten vor der Uni mehrere auf Hochglanz polierte ausländische Schlitten. Für die Karpenko jedoch interessierte sich außer einigen Pädagogen kein Mensch, besonders die Gesangspädagogin ging ihr auf die Nerven, sie forderte von ihr, sie müsse hart an sich arbeiten, wenn Mutter Natur ihr schon nicht die Stimme der Callas gegeben habe.

Im Tanzunterricht gehörte die Karpenko ebenfalls zu den Talentlos-Fleißigen, sie beugte sich täglich 45 Minuten an der Ballettstange hoch und runter. Wen, so fragen Sie, soll so eine Schauspielerin überhaupt darstellen? Richtig! Dienerinnen und alte Omas. Aber Dienerinnen und Omas singen und tanzen nicht.

Zum Glück bekam Karp im Diplomstück nach dem finnischen Roman »Streichhölzer« die Rolle des Pferdes (ohne Worte, dafür mit Tanz). Danach veranstaltete die ambitiöse Gesangslehrerin wegen ihrer Schülerin einen Riesenskandal vor dem Lehrkörper, und Karp durfte im Stück ein kurzes Lied singen. Die Pädagogin wollte natürlich die Früchte ihrer Sklavenarbeit demonstrieren.

Aber das Pferd hatte kein Lied zum Singen, und da kam der oben erwähnte Komponist Mischa ins Spiel. Die beiden blieben allein im leeren Hörsaal zurück, Karp hatte die Melodie schnell kapiert und dichtete auch gleich die Worte dazu. Mischa war ganz begeistert von ihrem Text. Er betrachtete sie hingebungsvoll, klapperte mit den Augen und schüttelte verwundert den Kopf.

Das Ergebnis war, dass die Karpenko in der Nacht wie auf Flügeln zu ihrem Studentenwohnheim schwebte.

Niemand hatte sie jemals so begeistert angesehen, sie war in einer emotionslosen Familie im hohen Norden aufgewachsen, die Mutter stammte von Deportierten ab, das heißt, in grauer Vorzeit hatten ihre Vorfahren auf eigenen Gütern gelebt und wahrscheinlich auf Bällen getanzt. Aber in diesem Jahrhundert gab es vier Kinder zu Hause, die Mutter arbeitete als Arzthelferin, und die Familie ernährte sich vom eigenen Garten. Das einzige, wodurch sich die weiblichen Karpenkos auszeichneten, waren Selbstbeherrschung, ein goldfarbener Zopf und majestätische Schönheit. Das Fröschlein aber kam nach dem Vater. Der Vater allerdings, ein Polarflieger, hatte, als er in Rente ging, die Frau verlassen und war fort.

Gleich danach machte sich auch das Fröschlein auf und

bewarb sich in Moskau fürs Schauspielstudium, von ihrer wie versteinerten Mutter war sie so gut wie vergessen worden. Schon fünf Jahre hatten sie sich nicht mehr gesehen. Um nach Hause zu fahren, hätte die Karpenko für einen Wahnsinnspreis sieben Tage mit dem Zug und dann noch 36 Stunden mit dem ersten Bus fahren müssen, dann noch sieben Stunden mit einem zweiten, und der fuhr nicht mal jeden Tag. Auf ihre Briefe antwortete die Mutter drei, vier Monate später.

Mit einem Wort, Karp arbeitete mit Mischa fleißig an der Rolle des Pferdes, Mischa schleppte sogar die alte Schreibmaschine »Moskau« an, das einzige Erbstück seiner Mutter, und Ende März (dieses Datum sollten wir uns merken) wurde das Stück den Pädagogen der Schauspielschule vorgeführt.

Es wurde angenommen, der künstlerische Leiter lobte zurückhaltend die Rolle des Pferdes, vor allem den Stepptanz auf hufartigen Absätzen. Die Gesangspädagogin analysierte die Rolle des Pferdes, was das Singtalent betraf, und quälte die Kollegen mit der Analyse des Belcanto und ihren Unterrichtsmethoden fast bis zu Tode.

Die Zuschauer waren begeistert von der Rolle des Pferdes, sie lachten und riefen »bravo«.

Wie schläfrige Fliegen sammelten Karp und Mischa die Noten ein, und als sie wieder zu sich kamen, war schon alles zu Ende, die Leute waren gegangen, die Metro fuhr nicht mehr, und so stiegen die beiden die dunkle Treppe hoch, Mischa hatte schon früher hier übernachtet.

Auf dem Boden stand hinter Kulissen eine Matratze. Mischa betrog zum ersten Mal seine Frau, eine Lehrerin, Karp verlor ohne einen Ton der Klage ihre Jungfräulichkeit.

Dann wurde das Stück mit großer Mühe auf ein Studentenfestival in die kleine finnische Stadt Chuiwaskulja delegiert, dort erhielt Karp einen Preis für die beste weibliche

Nebenrolle. Die Urkunde war auf Finnisch, sie wurde gerahmt und in der Schauspielschule aufgehängt, die Statuette wurde dem künstlerischen Leiter zur Aufbewahrung gegeben.

Mit den Absolventen dieses Jahrgangs gründete er ein eigenes Theater am Rande von Moskau. Das Bezirksamt stellte ihnen eine ehemalige Lagerhalle zur Verfügung. Direktor wurde sein alter Freund, der erfahrene Fuchs Ossip Iwanowitsch Tartjuk (im Weiteren Oska).

Oska suchte nach einem neuen Stück. Das finnische Epos mit dem singenden Pferd konnte in diesem Moskauer Schlafbezirk mit extrem geschäftstüchtigem Bezirksamt, wohin die Beamten wegen Terrorgefahr in gepanzerten Jeeps fuhren, niemanden hinter dem Ofen hervorlocken. Ein finnisches Dorf, lächerlich!

Deshalb wurde Karp nicht in die Theatertruppe aufgenommen. Die magere Schauspielerin mit den Glotzaugen gefiel Oska nicht. Er mochte Dicke. Jede mollige Frau begrüßte er mit dem theatralischen Ausruf »Was für ein Zentaur kommt da!«, und auf Empfängen verkündete er nach dem dritten Glas, dass ihn »in jedem Fall nur ein dicker Hintern interessiert«.

Die arbeitslose Absolventin Karpenko ließ sich umgehend als Gemüseverkäuferin beim Großhandel am Stadtrand einstellen, vorerst für zwei Tage in der Woche und für wenig Kohle. An ihrem Zustand trug sie schwer (vierter Monat).

In einem Wohngebiet in der Nähe des Großmarkts mietete sie eine Schlafstatt in der Küche einer Familie, die die Alkoholsucht geerbt hatte, bei Pascha und seiner hünenhaften Frau mit dem Spitznamen Elefant. Beide Söhne saßen im Lager. Die Eheleute gingen im Sommer im Partnerlook – beide in kurzen Hosen, die sie von Wohltätigkeitsorganisationen wie »Ärzte ohne Grenzen« ergattert hatten, ernährten sich von kostenlosen Mahlzeiten und suchten wie erfahrene Pilzsammler an bekannten Orten nach Flaschen – unter Bänken und in Müllcontainern. Elefant hatte sich sogar bei ausländischen Touristen einen importierten fliederfarbenen Mützenschal organisiert, passend zur Gesichtsfarbe. Im Winter arbeiteten beide als Blinde und hüteten hoch und heilig die zwei Stöcke, die schwarzen Brillen und aus unerfindlichen Gründen auch ein Hundehalsband mit Leine, das alles lag unter Karps Bett, hinter ihrem Koffer.

Nur gut, dass Elefant nie etwas kochte und nur irrtümlich manchmal in die Küche kam, wenn es sie kurz vorm Delirium umtrieb. Dafür wurde nächtelang in ihrem Zimmer gezecht. Es versammelte sich der Adel, die Elite des Stadtrands, und deren Lieblingsfreundinnen, aufblühende und verblühte Schönheiten. Die Hauptsache war, dass keine Trocknen reingelassen wurden. Diese Trocknen standen manchmal bis zum Morgengrauen vor der Wohnung, bettelten, ins Paradies gelassen zu werden, traten mit den Füßen an die gepolsterte Tür. Gegen Morgen gab es traditionell eine Schlägerei. Manchmal kamen unausgeschlafene Bullen angefahren. Die Karpenko ersetzte das zerschlagene Glas in der Küchentür durch Sperrholz, das sie irgendwo auf der Straße gefunden hatte, baute ein Schloss ein und stopfte sich, in Erinnerung an die Klassiker, an die Abenteuer des Odysseus, nachts warmes Wachs in die Ohren. Sie war immerhin ein sehr gebildeter Mensch. Täglich musste die Wanne geschrubbt werden, und die Toilette nicht nur ein Mal am Tag.

Mischa spürte die verloren gegangene Karpenko sofort auf, denn kaum hatte sie den Job gefunden, kam sie mit Obst ins Schauspielerwohnheim und hinterließ bei einer Kommilitonin ihre Adresse. Für alle Fälle. Sie wusste genau, was sie tat.

Mischa kam nicht mit leeren Händen. Er hatte ein fast fertig komponiertes Musikstück dabei. Aus diesem Anlass blieb er über Nacht und küsste Karp Hände und Füße, so sehr hatte er sich nach ihr gesehnt.

Von der Schwangerschaft sagte Karp kein Wort.

Zu essen gab es nur rohe Möhren und gekochte Kartoffeln mit Zwiebeln, die Verkäuferinnen des Gemüsemarkts durften nach der Arbeit was mitnehmen.

Mischa konnte nicht schlafen, er fürchtete sich vor den Schreien hinter der Wand und dem Gewummer der Trocknen an der Wohnungstür, mit der ersten Metro fuhr er davon. Karp glaubte, für immer.

Drei Tage später jedoch kam Mischa mit seinem Keyboard wieder. Während er Karp etwas vorspielte, versammelte sich vor der Küchentür das gesamte Gesindel und fing zu tanzen an, die Betrunkenen zuckten wie in der Muppet Show und schrien »Alleh hopp, Cavella«. Die Musik gefiel ihnen.

Karp zog die Schreibmaschine, ihr Heiligtum, unterm Bett hervor und schrieb auf der Stelle zu dieser Musik ein Theaterstück.

Mischa schubste Karp auf den richtigen Weg, als er ihr sagte, dass heutzutage nur Übersetzungen aus dem Italienischen gespielt würden, sie solle die Übersetzung gleich mitliefern.

Den Stoff fand sie schnell, ein Schönheitswettbewerb fürs Fernsehen in der kleinen Stadt Sal Monella. Alle italienischen und spanischen Dramatiker plus Shakespeare schwebten nachts über Karp, wenn sie an der Schreibmaschine saß.

Mischa schlug vor, der Autorin den Namen Alidada Nectolai zu geben, die Übersetzerin sollte U. Karpui heißen.

Karp erfand ein Stück, in dem ein reicher Anwalt mitspielte, ein Wohltäter der schönen Frauen, dann noch seine magere, brillantenbehangene Gattin, deren Freundin, die gleichzeitig die Geliebte des Wohltäters und die Ehefrau des Bürgermeisters war, dann der Bürgermeister selbst – ein Freund der Mafia, weiterhin die Mafiosi Lorca, Petrarca und Kafka (ein Trio) und immer so weiter. Die Hauptheldin – eine kaum bekannte Sängerin und Schönheit – hieß Gallina Bianca, sie trat mit ihrer Band und dem Leiter der Band Toto Toëto auf.

Mischa hatte recht, wenn er sagte, Karp brauche nicht auf die Rolle der Gallina zu hoffen, sie solle sich noch eine Reserverolle ausdenken – eine Managerin vom Fernsehen. Karp nannte sie Julietta Mamasina und schnitt die Rolle auf sich zu. Sie verwendete die morgendlichen Monologe ihrer Vermieterin Elefant, milderte sie nur ein bisschen auf das Niveau der normativen Lexik herab: »Wer soll eine Nutte sein? Ich soll eine Nutte sein?« (So der Beginn eines Telefongesprächs von Julietta).

Um nicht endgültig vom Fleisch zu fallen, aß die Karpenko fast nur noch Rohkost, für die Wohnung zahlte sie nicht mehr (Elefant störte das nicht, sie hatte sowieso schon die Miete für zwei Monate im Voraus genommen), es war bereits August. Ein Ei am Tag und ein Päckchen Quark, dazu rohe Möhren, Kohl und junge Rote Bete, das war ihre Diät. Wie man seinem Gewicht ein paar Gramm hinzufügte, hatte ihr eine Aspirantin aus Charkow beigebracht: einfach die Waage verstellen. Mischa verdiente nichts. Seine Familie lebte auf der Datscha. Beide magerten ab.

Elefant schleppte irgendwie einen Karton mit Trockenmilch an, den sie im Müll hinter einem Edel-Supermarkt gefunden hatte. Die Vermieterin war von oben bis unten blau geschlagen (ich bin gerammt worden, sagte sie), der Kampf hatte am besagten Müllcontainer stattgefunden, aber Elefant hatte sich tapfer geschlagen.

Pascha und Elefant hatten selbst kein Interesse an der Milch, unter keinen Umständen, hatten aber gehofft, ihre Beute über den Großmarkt abzusetzen, und hatten Karp mit zwei Testpaketen Trockenmilch hingeschickt. Karp kehrte mit der Mitteilung zurück, abgelaufene Lebensmittel nehmen die nicht. Da verlor Elefant jegliches Interesse an den Paketen, aber ihre Gäste benutzten das Milchpulver beim Saufen manchmal als Imbiss, sie schütteten es sich direkt in den Schlund, doch das Pulver sagte ihnen nicht zu: Es juckte in der Brust, die Sohlen blieben am Fußboden kleben und die Ellenbogen an der Plastiktischdecke. Dafür konnten Karp und Mischa nun Haferbrei »Herkules« mit Milch essen.

Gleich nachdem sie das Stück abgetippt, die Lieder in ihrer eigenen Interpretation aufgenommen und die Autorenrechte registiert hatten, fuhr Mischa zu Oska.

Oska nahm den Text gelangweilt entgegen, versprach nichts, aber schon drei Tage später, als Mischa ihn anrief, bestellte er den Komponisten vor den künstlerischen Rat. Mischa spielte auf dem Keyboard und sang zum Davonlaufen. Der künstlerische Rat nahm das Stück sofort an. Es herrschte freudige Erregung. Nur eine Frage blieb offen – wie stand es mit den Rechten für die Inszenierung?

»Also«, sagte Mischa nach kurzer Überlegung. »Alidada Nectolai verlangt für die Inszenierungsrechte 4000 Dollar ...«

»Das war's!«, sagte der künstlerische Leiter im Kontratenor. »Tschüss und gutes Wetter!«

Alle kamen in Bewegung. Oska schrie:

»Wir sind ein junges Theater! Ein armes!«

»Nectolai hat gesagt, dass alle Theater das sagen. Sie würden sogar E-Mails rumschicken, dass sie arm seien. Wenn Ihr nicht wollt, bitte.«

Oska fragte:

»Was für Wege gibt's noch?«

»Es gibt noch die Möglichkeit, nur der Übersetzerin was zu zahlen, dann kostet es nur die Hälfte.«

»Solche Frauen kennen wir! Ein richtiger (Oska umarmte fürsorglich etwas Imaginäres in der Luft, so wie einer, der einen Stör gefangen hat) Zentaur! Ich spreche mit ihr.«

Oska erregte sich:

»Sie wird im Preis runtergehen. Dieser heiße Hintern!«

»Das glaube ich nicht. Sie hat massenweise solche Theater wie Eures an der Hand … Die nur so wenig bezahlen wollen.«

»Wir bieten ihr 1000, ein ganzes Tausend!« heulte Oska.

»Also. Wenn sie Tausend kriegt, krieg ich auch Tausend. Als Komponist.«

»Nnaaa!« schnarrte der künstlerische Leiter wie ein Kutscher. »Wir kommen ohne Ihre Musik aus. Wir nehmen einfach welche aus der Konserve. Da brauchen wir Ihre nicht! Wir haben Adriano Celentano und noch andere! Wer oder was sind Sie schon? Mit Ihrem Brummelklotz!«

(Offenbar meinte er Mischas ramponiertes Keyboard, das auf dem Stuhl lag.)

»Die Übersetzerin Karpui wird das nicht zulassen. Karpui hat die Texte geschrieben, kapiert?«, erklärte Mischa aufgeregt. »Zu meiner Musik. Das ist ein Musical! Falls Sie von so einem Genre schon mal gehört haben! Ganz Moskau verdient jetzt Geld mit Musicals! Ist Ihnen wohl entgangen? Hier am Arsch der Welt …«

Oska zuckte. Die anderen hielten ihn im Flug zurück.

»Wir entscheiden während der Arbeit!«, rief er plötzlich optimistisch.

Der künstlerische Leiter, der Meister, wirkte gekränkt.

Mischa und Oska gingen ins Büro. Sie unterhielten sich lange, und Mischa erkämpfte schließlich für die Übersetzerin und den Komponisten je 750 Dollar, dazu ein festes Engagement für die Karpenko, eine Rolle im Stück und ein Zimmer im Studentenwohnheim.

»Läuft was zwischen Ihnen und ihr, Kleiner«, sagte Oska, »weiß Ihre Frau davon?«

»Wir leben in Scheidung«, entgegnete Mischa und war selbst verblüfft.

»Und Sie kennen die Karpui?«

»Die Karpui ist die Karpenko, sie hat das Stück geschrieben.«

»Ha!«, sagte Osip erfreut. »So ist das also!«

»Wir haben für beides die Autorenrechte registrieren lassen. Für das Stück und für die Musik. Wir sind die Rechteinhaber. Es gehört alles uns.«

»Schweigen Sie!«, Oska lief rot an. »Warum haben Sie mich hinters Licht geführt? Hundert müde Dollar sind mehr als genug für das Stück! Ich stelle die Karpui als Putzfrau ein. Ich muss nur noch den Meister überreden. Ich fürchte, sie wird keine Rolle in diesem Stück abkriegen.«

»Für diesen Preis gehen wir zu einem anderen Theater, was besser ist! Zum Theater des Monats! Oder gleich zu einem großen Haus!«

»Zweihundert!«

In diesem Moment kam der Meister herein und strahlte plötzlich.

»Zum ersten Mal lese ich ein Stück, das genau auf uns zugeschnitten ist. Ich sehe es schon vor mir! Ich weiß genau, wie man es inszenieren muss! Und Sie, Herr Komponist (hier fluchte der Meister), Sie stören nur! Sie haben hier nichts zu suchen! Ihre Musik wird nicht gebraucht!«

»Ach so? Mein letztes Wort! Tausend für die Übersetzerin und Tausend für den Komponisten«, sagte der sanfte Mischa bissig. »Und zwar nicht in Rubeln, sondern in Dollar, und nicht erst zur Premiere, sondern jetzt, auf der Stelle.«

»Auf der Stelle geht nicht«, entgegnete Oska völlig nüchtern.

»Am Montag komm' ich mit der Übersetzerin her.«

»Am Montag kann ich nicht.«

»Und wann?«

»Mm ... am Mittwoch.«

»Zu meinen Bedingungen. Am Mittwoch.«

»Hören Sie!«, heulte Oska. »Ich brauche eine Putzfrau! Im Wohnheim wird renoviert! Wer soll die Möbel schleppen? Mischa, wo krieg ich eine Putzfrau her?«

Der Meister schaute die beiden mit irren Augen an:

»Was für eine Putzfrau?«

Schweigen.

»Also, die Karpenko kommt gerade aus Finnland, sie hat dort im Fernsehen gespielt«, sagte Oska plötzlich zum Meister. »Das Problem mit der Putzfrau bleibt weiter bestehen.«

»Aus Finnland zurück? Im Fernsehen? Und ich frage mich die ganze Zeit, wo die Karpenko geblieben ist«, rief der Meister. »Meine Schülerin verschwindet so mir nichts, dir nichts ... Gallina Bianca ... Das ist ihre Rolle! Im ersten Akt spielt sie die Plötze ... Dann kleben wir ihr Wimpern an ... Stellen sie auf Hackenschuhe ... Die Brust kriegen wir auch noch hin.«

»Sie will aber die Julietta Mamasina spielen«, sagte Mischa.

»Was sie nicht alles will«, heulte Oska. »Wer hoch hinaus will, wird tief fallen!« Er kaute auf der Unterlippe. »Meinetwegen, soll sie die Rolle kriegen.«

Das Ensemble empfing die neuen Heimbewohner zurückhaltend. In der Küche verstummten alle, als Karp eintrat. Sie kam in ein Zimmer, in dem schon zwei wohnten, die wurden auf andere Zimmer aufgeteilt, dort waren es nun drei. Das war kränkend. Die Mädchen wurden böse. Dann ging's an die Besetzung. Oh Theater, du Nest voller Schlangen. Karp grüßte, keiner antwortete. Dann tauchte plötzlich die Frage auf, warum Mischa auch im Heim wohnte, er sei gar nicht gemeldet, warum wohnt er bei der Karpenko und warum müssen alle Strom, Gas und Wasser für ihn mitbezahlen. Alle wohnen zu dritt, nur die Karpenko hat ein Zimmer für sich allein. Sie wollten, dass ein Mädchen zu ihr reingesetzt wird, damit es alle gleich schlecht hatten. Sonst würde dort ein Unbefugter einziehen und sich auch noch wie zu Hause fühlen. Wir sollten seine Frau anrufen. Und fragen, ob sie davon weiß.

Dann kam tatsächlich die Frau mit einem zehnjährigen Sohn an und wartete auf Mischa. Sie wurden mit Tee bewirtet, bis die letzte Metro fuhr. Oska, der Spürhund, hatte Mischa gewarnt, und Karp und er hatten die ganze Nacht auf dem Flughafen Domodedowo zugebracht.

Die neue Spielzeit hatte begonnen, der erste Durchlauf mit Presse rückte heran. Die Karpenko hatte sich ein spezielles Kostüm ausgedacht – ein Minirock und ein Jackett mit Schulterpolstern – dicker Bauch und Hängebusen, dazu noch eine toupierte rote Perücke, Stiefel mit flachen Absätzen bis übers Knie.

Die Premiere war ein Bombenerfolg. Julietta brachte alle zum Lachen, sie grölte laut und falsch und zeigte den Mädchen, wie man vor der Kamera singen muss. Getanzt hat sie wie ein Elefant, schwergewichtig. Im Wohnheim wussten sie schon, dass die Karpenko schwanger war, sie standen schon alle Gewehr bei Fuß, um ihre Julietta zu übernehmen.

Alle wussten es, außer Mischa.

Eines Tages kam Oska ins Zimmer. Mischa saß am Keyboard und hatte Kopfhörer auf. Die Karpenko lag auf dem Bett.

»Wie werden wir das regeln? Tagchen«, sagte Oska.

»Wann?«, fragte die Karpenko aus irgendeinem Grund.

»Wann ist dein Termin? Wir brauchen einen Ersatz!«

»Am 31. Dezember.«

Mischa mit den Kopfhörern auf den Ohren scharrte lautlos auf den Tasten wie ein Huhn mit den Krallen: Er spielte eine Melodie und überlegte, wie sie klang. Er sah tatsächlich einem Huhn ähnlich. Ein stumpfer Kerl, der nichts begriff.

»Was? Das ist ja schon in zwei Wochen!«, sagte Oska.

»Mischa übernimmt die Rolle.« Die Karpenko deutete mit dem Kopf auf ihn. »Er kennt alles, ich bin mit ihm den Text durchgegangen. Ihr findet keine andere für diese Rolle.«

Oska riss die Augen weit auf.

»Mischa!« Sie rüttelte ihn.

Das Huhn nahm die Kopfhörer ab.

»Zieh das Kostüm an«, befahl Karp. »Wir haben in den Rock extra einen Gummi eingezogen ... Die Stiefel haben wir in seiner Größe gekauft ... Alles paletti. Wir haben alles vorausgeplant, falls ich wegen Krankheit ausfalle.«

Mischa zog sich tanzend und windend um, er hob hinter der Schranktür die Arme wie ein Flamencotänzer. Das sah urkomisch aus. Der Rock, die ausgepolsterte Brust, die roten Locken, der Hintern wie zwei Globen. Die schlecht rasierte fahle Visage, der riesige Kolben.

»Ein Zentaur«, meinte Oska. »Na gut, kriegt erstmal euer Kind, ich gehe.«

»Euer Kind ...«, kicherte Mischa, während er die Rüstung abstreifte. »Das liegt noch hinter sieben Bergen, bei den sieben Zwergen.«

Karp ruhte auf dem Bett und war völlig in ihren Bauch versunken. Für Mischa jedoch war das normal. Kein Wunder, seine Ehefrau, die Lehrerin, war tatsächlich ein Zentaur.

Eine Woche später wurde Mischa in das Stück eingeführt. Die Vorstellung am 31. Dezember war um halb zehn abends zu Ende. Mischa rief die Karpenko auf dem Handy an, sie ging nicht ran. Er rief im Wohnheim an, das Telefon war hoffnungslos besetzt. Besetzt, besetzt ...

Er zog sich schnell um, hielt ein Taxi an, kam mit einem Haufen Blumen angesaust. Im Wohnheim brannte Licht, neben dem Telefonapparat im Flur lag der Hörer. Auf dem Fußboden hatte jemand etwas verschüttet. Die Spur führte von der halbgeöffneten Tür ihres Zimmers zum Ausgang. Alle anderen Türen waren abgeschlossen. Die Truppe war offenbar im Theater geblieben, um Silvester zu feiern.

In ihrem Zimmer hatte jemand alles auf den Kopf gestellt. Irgendwas war passiert. Wo war sie hin in ihrem kranken Zustand? Sie konnte ja nicht mal mehr laufen! Sie hatte immer gesagt, dass sie bald zur Untersuchung ins Krankenhaus gehe.

Er schaute sogar unterm Bett nach. Dort lag ganz hinten ihre Tasche im Staub. Er zog sie vor und öffnete sie. Der Ausweis. Das Handy. So ... Ein Schwangerenausweis ... Karpenko Nadeshda Alexandrowna ... Geburtstermin 31. Dezember ... Was?!!

Er rief bei der Notaufnahme an, wo sonst. Eine geschlagene Stunde später kriegte der unglückselige Mischa heraus, dass genannte Patientin nicht eingeliefert worden sei. Auch nicht auf der Geburtsstation, die Information war von gestern.

Mischa setzte sich auf den Fußboden. Auf der Straße wurde geschossen, gerufen, es blitzte. Hatte der Krieg begonnen? Der Himmel war hell, alle Fenster erleuchtet. Was war los? Eine Explosion nach der anderen. Ach so, Neujahr ... Er ging auf die Straße, begann zu beten. Lieber Gott, Karp, wenn du nur am Leben bist ... Karp.

Karp indes hatte sich zu Fuß zur Geburtsklinik geschleppt, deren Adresse sie seit Langem kannte, hatte an die verschlossene Tür geklopft, lange und kraftlos geklopft, bis ihr eine Schwester öffnete. Auf eingeknickten Beinen kroch sie schwankend hinein und sagte:

»Mir geht's irgendwie nicht gut.«

Die Schwester, die anlässlich des Feiertags schon angetrunken war, stammelte genau wie Elefant:

»Na t-t-toll ...«

Dann winkte sie ab und verschwand.

Karp legte sich hin. Ihr Bauch wurde steinhart. Es drehte und wendete sich etwas in ihr, ein großer, heißer, steinerner Kern wusste nicht wohin.

Als eine junge Frau in Weiß erschien, eine Ärztin oder Krankenschwester, war Karp bereits im Dschumm. Aber den vorbereiteten Text, den sie auf dem Weg auswendig gelernt hatte, brachte sie wie ein Profi heraus:

»Papiere weg ... Alles weg ... zurechtgelegt ... Telefon kaputt ...«, murmelte Karp. »Pass weg, Versicherung weg ... Alles weg ... Tasche geklaut ... In der Manteltasche Kleingeld, kein Taxi ... Nicht angehalten ... Wir sind Deportierte ... Vater im Hubschrauber ... Alles vorbei ... Keiner braucht uns ... Keiner braucht uns ... Weggeflogen ...«

»Sie phantasiert«, sagte jemand über ihr. »Woher kommst du? Hallo!«

»Ich bin Schauspielerin ...«

»Dass du Schauspielerin bist, sehe ich, aber wie heißt du? Wann geboren. Adresse?«

Da verließen Karp vollends die Kräfte und sie verlor das Bewusstsein. In einem grell-hellen gekachelten Raum kam sie wieder zu sich, er sah aus wie eine Schwimmhalle, um sie herum Gesichter hinter weißen Masken.

»Na! Mach die Augen auf! So ist's gut! O! Das neue Jahr hat uns Glück gebracht. Bist du bereit zum Gebären? Schauspielerin! Wie heißt du?«

»Karp.«

»Schöner Name für eine junge Frau. Und der Nachname? Na, na, stirb uns jetzt nicht! Na, Karp, du verdirbst uns sonst das ganze Fest.«

Da rollte ein Schmerz über sie hinweg, es presste die Gedärme heraus, sie wurde mit kochendem Wasser übergossen, alles drückte mit Macht nach draußen, kam aber nicht durch. Blieb stecken, drückte wieder. Karp litt geduldig. Nach einigen Sekunden wiederholte sich das Ganze. Und es folgte eine Zeit unmenschlicher Leiden.

»Pressen! Halt! Halt!«

Unten wurde ein Messer reingestochen und umgedreht. Die wollen mir mein Kindchen erstechen!

»Nicht!«, schrie sie mit ihrer kräftigen Stimme über die ganze Welt. »Warum stecht ihr es tot?«

»He! Leise, leise, Mutti. Das Kind stößt durch ... Ah, da ist schon das Köpfchen ... Wen erwartest du, Schauspielerin? So ... Sooo«, sagte jemand zufrieden.

Ein anderer schrie in tiefem Bass:

»Mutti! Guck! Mach die Augen auf! Ach, was für große Augen ... Ein Mädchen! Und was für ein schönes! Mit Locken, guck! Siehst du? Wie heißt du? Gebt ihr Salmiak! Na, wie heißt du?«

»Karpenko, Karpenko heiße ich. Nadeshda Alexandrowna Karpenko.«

»Na siehst du. Schau mal! Guck genau hin! Ein Mädchen! Dass mir nachher keine Einwände kommen!«

Weiße Mullgesichter, nur Augen. Lachen. Auf einem Arm lag eine zerknautschte Puppe, bewegte die Ärmchen, winzig-winzig, verschmiert, kläglich. Die Brauen mürrisch zusammengezogen. Weinte und greinte.

»Ihr ist kalt! Mein Gott, wie leid sie mir tut!«

Karp hätte am liebsten selbst losgeheult. Niemals hatte sie mit jemandem solches Mitleid gehabt.

»Freuen sollst du dich, Mutti! Was für ein hübsches, gesundes Mädchen! Prost Neujahr!«

»Gebt sie mir ... Gebt her, gebt sie mir ...«